늑대지만 해치지 않아요

늑대지만 해치지 않아요

04

우유양 로맨스판타지 소설

블라썸

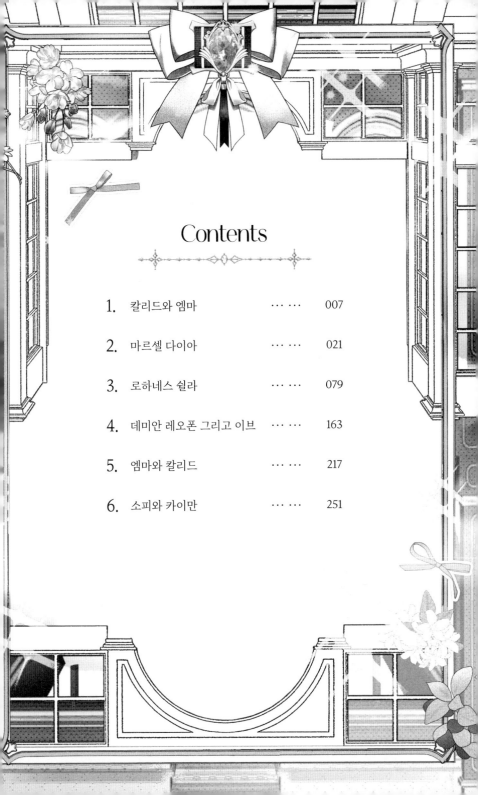

Contents

Chapter 1.

칼리드와 엠마

늑대지만 해치지 않아요

"나도 귀 만져 봐도 돼?"

"나도."

양의 뿔을 단 여자애 말을 따라 괜히 말을 걸어 본 건, 그 머리 위에 마치 크림처럼 얹힌 하얗고 몽실몽실한 귀 때문이었다.

"당근 이야기야. 그거 나도 주면 안 돼?"

무의식중에 손을 뻗어 주물렀다 뺨 맞는 대신, 칼리드는 제 생각으론 꽤 예의 바르게 말을 걸었다.

"……?"

칼리드가 말을 걸기 전까지, 두 사람은 그로서는 이해하기 어려운 뿔 이야기를 한창 하고 있었다.

"……자."

떨떠름한 얼굴로 토끼 특성 여자애, 아니 엠마는 당근 스틱을 내밀었다.

"칼리드야. 칼리라고 불러도 돼."

그게 사랑의 시작인 줄 알았더라면 칼리드는 당장 도망쳤을 것이다. 하나 사람이 한 치 앞을 알 도리가 있나.

'얼마나 친해지면 만져 볼 수 있나?'

아까 양 특성 여자애의 뿔 만져 보고 하는 거 보면, 그렇게 실례되는 거 같진 않은데.

'이걸 무슨 맛으로 먹는 거지?'

칼리드의 입에는 모래 맛이 나는 당근 스틱을 씹고 있는데, 옆에 있던 여자애가 말했다.

"이제 그거 뱉어야 하지 않아?"

얘도 첫날부터 범상치가 않았다.

"뱀이지?"

단번에 제 정체를 맞히다니.

"뭐야, 뱀이야?"

어이없어하는 엠마의 말과 함께, 칼리드는 얌전하게 손바닥에 먹던 걸 뱉었다.

이것이 엠마와 자신의 첫 만남이자, 더불어 루시 하트만, 아니 루시 레오파르디와의 첫 만남이었다.

특성 위에 특성 없고 특성 밑에 특성 없다지만, 실제로 특성은 아주 많은 걸 결정짓는다. 예를 들어 습관이나 교우 관계 말이다.

"넌 왜 양이랑 토끼랑 어울려?"

"귀엽잖아."

"왜? 둘 중의 누구한테 관심 있는 건데?"

"난 걔네랑 친구하면 안 돼?"

이해가 안 된다는 듯 묻는 여우한테 칼리드는 어깨를 으쓱했는데, 실제로는 별 이유를 몰랐다.

'남이야 누구랑 다니든. 어차피 너나 걔나 다 한입 거린데.'

본능적으로 흐르는 피라는 게 생각보다 많은 걸 결정짓는데, 어쩌면 엠마한 테 끌리는 게 본능 같기도 했다.

'공립은 처음 다녀서 그런가?'

하얗고 몽실몽실한 귀.

'저 귀라는 게 너무 탐스러워 보여.'

칼리드는 첫날부터 엠마가 궁금했는데, 처음엔 그게 단순히 귀 때문이라고 생각했다. 그런데 사실, 이 학교에 엠마 같은 귀를 가진 여자애는 많았다.

"그만 만져라."

수업 시간 중, 엠마는 눈을 찡그리더니 칼리드의 손을 샤프로 콕 찍었다.

"왜?"

"……됐다."

하지만 칼리드의 눈엔 이상하게 엠마만 보였다. 처음 그 감정은 너무 강렬한 호기심에 덮여 있어서 반한 줄은 꿈에도 몰랐다.

'생각보다 단단한데.'

칼리드는 손에 남은 감촉을 자신도 모르게 되새겼다.

'무척 부드럽고 따뜻해.'

엠마는 좀 심히…… 범상치 않은 애랑 함께 다녔다. 처음엔 몰랐지만, 그것 도 칼리드의 호기심을 자극하긴 충분했다.

'쟨 진짜 뭐야?'

엠마만큼 둔한데, 이 공립학교에 90퍼센트를 차지하는 초식 특성의 여자애 라기엔 좀 이상한 행동을 하는 애였다.

"아이고, 이것도 풀잎 향이네. 라벤더?"

루시가 초식 특성에게는 맛있는 냄새가 난다는 큐티클 크림을 뿔에 바르고 온 날, 칼리드는 자신의 향수 라인을 완전히 정리했다.

'참 나, 어제 이거 뿌리고 갔는데. 엠마는 나한테 바비큐 냄새 같은 걸 느꼈단 거 아냐.'

육식 특성은 알 수 없는 이야기였다.

'아니, 나는 그렇다 치고 걔는 왜?'

그날 옆에서 보니 '나 풀 좀 먹습니다.' 하는 애들은 다 루시를 힐끔거렸다.

'마치 자기 특성에 대해선 아무것도 모른다는 것처럼?'

하지만 엠마가 알려 주기 전까지 루시는 영문을 모르겠단 얼굴이었다.

'자기가 육식인 것처럼 굴어?'

지내 보니 루시는 그밖에도 이상한 점이 많았다. 딱히 뭐라고 특정하긴 어려웠지만, 풍기는 분위기란 게 있다. 예를 들어 그 여유로움.

'나도 그렇게 금방 알아차리고.'

칼리드가 보기에 루시는 겁이 없었다. 엠마도 사실 말만 사납게 했지 처음엔 칼리드한테 움찔했는데, 루시는 언제나 태평했다.

'게다가 그 걸음걸이.'

입학하고 나서 알게 된 건데, 초식 특성의 아이들은 태가 났다. 늘 주변을 경계하고 작은 소리에도 귀를 기울이곤 했다.

'콕 집어서 설명할 순 없지만, 그 태도.'

하지만 루시는 천하태평했다. 마치 자신을 해칠 수 있는 건 이 세상에 아무도 없다는 것처럼.

'보통 좀 기가 눌리지 않나?'

그게 양의 특성인지, 아니면 다른 믿는 구석이 있는 건지. 칼리드는 의아했지만 알 길이 없었다.

'으악! 이게 무슨 냄새야!'

어느 날, 루시가 '얘 내 거야. 내 여자야. 얘 건드리면 너도 죽고 나도 죽는 거야.' 하는 육식 특성의 페로몬을 아무렇지도 않게 덮어쓰고 오더니.

"안녕?"

한겨울의 전학생, 로만 바스커빌이 뜬금없이 나타나 루시한테 말을 걸기 전까진 말이다.

"난 좀 멀리서 왔어. 이 학교에 입학하려고."

물론 루시가 공부는 좀 잘했지만, 이런 학교는 그녀가 왔다는 지역에도 얼마든지 있었다. 아니, 훨씬 많았다.

'모두 다 숨기고 싶은 이야기가 있기 마련이지.'

처음에는 단순히 뭐, 과거를 지우고 싶어서 왔나 했다. 자신도 그것 때문에 일부러 먼, 구성 인원의 특성도 다른 학교를 선택했으니 말이다.

그런데 갑자기 '로만 바스커빌'이라는, 사실 실물로 보기도 어려운 애가 나타나서, 루시한테 소유권 주장을 한다?

'아오, 어디서 봤는데. 그 애 이름이 뭐더라……'

그날 칼리드는 집에 가서 기사란 기사를 모두 뒤졌다.

'대박.'

이내 모든 퍼즐이 맞춰지는 순간이 왔다.

'레오파르디면 거의 왕족 아냐?'

뚜껑을 열어 보니 바스커빌에 비할 바가 아니었다.

'그래, 그 여유로움. 천하태평함. 이해된다.'

자기 태생이 사자인데 이 세상에 무서울 게 뭐가 있었겠나?

무슨 이 공립학교에 이렇게 큰일이 나나?

'그러니까 루시 따라서 온 거 아냐, 바스커빌이. 믿기지가 않는다. 진짜.'

물론 친구 이야기를 가십지에 제보할 생각은 없었지만, 칼리드는 이 말을 엠마한테 할까 말까 고민하긴 했다.

'대놓고, '쟤 내 거야. 건드리지 마. 보지도 말고 만지지도 마.' 하고 지랄을 하는데, 넌 진짜 아무것도 모르겠니?'

왜냐하면 옆에서 보기에 엠마가 계속 헛발질을 했기 때문이었다.

"우리 집 크리스마스 파티가 문제야? 잘만 하면 바스커빌의 신데렐라가 될 수도 있는데."

"신데렐라?"

황당해하는 루시를 보며 칼리드는 속으로 생각했다.

'엠마야, 그거 아니다. 만약에 둘이 결혼하면 바스커빌이 자기 성 까고 들어가야 돼. 신데렐라는 얘가 아니라 저쪽이라고.'

아무리 재벌이라도 어떻게 왕가의 피에 비비냐 하는 것이 칼리드의 생각이었다. 루시도 비슷한 듯했다.

"내가 했던 말 바스커빌한테 전달했어?"

칼리드가 묻자 루시는 어색하게 웃었다.

"자긴 잘 모르겠다는데?"

사실 칼리드는 초식 특성의, 특히 여자애들이 페로몬에 이렇게나 무지한지 이전엔 알지도 못했다.

'허?'

칼리드는 옆에 있자니 로만의 공격성에 머리가 어질어질할 지경이었다.

'미친놈이네, 이거?'

루시는 근래 남자애들이 왜 자길 피하는지 아마 알지도 못하고, 관심도 없을 것이다.

'뭐야? 쟤 모르게 인간관계 다 조져 놓겠다는 거야 뭐야?'

칼리드는 그날 저녁, 엠마를 끌어냈다.

"아니, 왜 나를 끌고 온 거야?"

"네가 하도 눈치가 없어서."

"뭐? 내가?"

'그래. 너. 너. 너!'라고 칼리드는 말이 막 나오려는 걸 꾹 참았다.

"내 생각엔 바스커빌이랑 루시 막 이어 주려는 거, 하면 안 될 것 같아."

그리고 엠마를 타일렀다.

"왜?"

왜긴 왜야. 그 애가 양아치 같으니까 그렇지. 애인 사이도 아니라는데, 아니 애인 사이여도 누가 그렇게 집착을 해? 그거 의처증 초기 증세다? ……라고 말하는 대신.

"하…… 루시가 싫어하잖아."

칼리드는 이렇게 축약했다. 솔직히 말했다간 같이 음흉한 육식 특성 놈들로 싸잡힐 것 같아서였다.

"루시가 그래?"

엠마는 두 눈을 동그랗게 떴다.

"아니, 그냥 내 감이야."

"감은 무슨, 야! 내가 생각하기엔 루시도 로만 좋아하는 거 같아."

"어떻게 아는데? 루시가 그래?"

"나야말로 여자 직감이야. 딱 보면 알아."

'야, 직감은 무슨, 너 눈치 없어.'

칼리드는 한숨을 내쉬며 마른세수를 했다.

"엠마, 너 진짜 눈치 없다니까. 내가 몇 번을 말해?"

마음 같아선 솔직하게 털어놓고 싶었다.

'네가 눈치가 있었으면─.'

칼리드는 끄응 앓았다.

'내 마음을 진작에 알았겠지.'

사실 칼리드는 남의 러브 스토리는 뒷전이었다. 왜냐하면 제 코가 석자였으니까 말이다.

'나 너 좋아해! 아무리 사람 마음 말해야 안다지만, 이 정도면 알아라! 루시나 너나 내 마음 좀 진짜 알아 달라고!'

처음엔 그냥 귀가 좀 궁금하고, 눈이 예쁘다 생각했을 뿐이었는데…….

"하아……."

칼리드는 자기도 왜 이 눈치 없는 여자앨 좋아하게 됐는지 알 수 없었다.

'너랑 더 이상 친구 하기 싫단 말이야!'

사실 지금 생각해 보면 자기도 모르게 첫눈에 반한 것 같기도 했다. 처음부터 호감이었긴 한데, 언제부터 주체 못하게 됐는진 잘 모르겠다. 아무튼, 깨달아 보니 이미 '뭐 됐다.' 하는 지경이었다.

'일단 저질러 보자.'

어쩐지 크리스마스 말곤 기회가 없으리란 예감이 강하게 들었다.

'나 이제 애랑 진짜 친구 하기가 싫어.'

이대로 가다간 '우린 친구, 친구.' 하는 사이가 될 것 같은데, 칼리드는 나중에 엠마가 딴 놈 사귀는 걸 죽어도 볼 수 없을 것 같았다.

에그노그를 잔뜩 마시고 루미 큐브를 지문 닳도록 한 날 밤이었다.

"엠마."

"어, 왜?"

"나 너 좋아해."

칼리드는 추위에 덜덜 떨며 고백했다.

"그래, 나도 너 좋아해. 우리 좀 틱틱거리긴 해도……."

"아니, 그거 말고."

"그거 말고 뭐?"

"……뭐겠어?"

싸락눈이 마치 비처럼 내리는, 그래도 화이트 크리스마스였다. 엠마는 눈을 동그랗게 떴다.

"……어."

"야?"

그러더니 주춤주춤 뒷걸음쳤다.

"너 설마!"

다다다닥!

설마가 사람 잡는다고, 엠마는 어색한 얼굴로 뒷걸음치더니 이내 도망가기 시작했다. 이런 상황은 예상에 없었는데?

"야! 너 제정신이야?"

칼리드는 어이가 없었지만 뒤쫓았다.

'X발! 달리기 개빨라! 뭐야? 토끼라서 그런 거야?'

고백을 했으면 뭐 '좋다', '싫다', '잘 모르겠다' 셋 중에 하나는 말해야 하는 게 아닌가? 엠마는 그 선택지에도 없는 달리기를 선택했다.

쾅쾅쾅쾅쾅!

결국 간발의 차로 놓쳤다.

"야! 문 열어 봐!"

칼리드는 실례를 무릅쓰고 엠마가 문을 걸어 잠근 엠마네 집 대문을 두드렸다.

"나 못 들은 거로 할게!"

안에서 엠마의 목소리가 들렸다.

"그게 되겠어—? 야! 날 얼어 죽일 생각이야? 나 대답 받을 때까지 안 갈 거야!"

진짜 미친 게 아닐 수 없었다.

별 도움 안 될 거라 생각했던 루시의 도움을 진하게 받은 건 그다음 날 일이다.

"그래서, 생각해 봤어?"

"야, 우리 키스할까?"

"뭐?"

"진짜 모르겠어서 그래. 널 남자로 볼 수 있을지 모르겠어서, 응? 한 번만."

엠마가 떨면서 말했다. 도대체 무슨 생각이 어떻게 튀었는진 모르겠지만……

'내가 뭐 힘이 있나.'

"웁, 으읍……."

엠마가 등을 퍽퍽 두드리든 말든, 칼리드는 겨우살이 나무 아래서 엠마와, 온 힘과 정성을 다해 키스했다. 인생 살면서 그렇게 간절한 적이 없었고……

'말캉말캉하고 따뜻해……'

또 기분 좋았던 적이 없었다.

"왜? 아직도 잘 모르겠어?"

"아니…… 충분, 충분해."

칼리드가 입을 뗐을 때, 엠마는 완전히 흘러내려 있었다.

진짜 정말, 뭐 너무 좋았다. 잘하기도 잘했는지 그다음 엠마와 사귈 수도 있었고.

"이제 로만이 나 안 좋아한대."

"아니……. 뭐?"

듣고 보자니 '로만 바스커빌, 늑대가 아니고 그냥 개새끼 아냐?' 싶었던 루시의 연애사를 도와준 건, 바로 그날의 키스 때문이기도 했다.

〈칼리드와 엠마 끝〉

Chapter 2.

마르셀 다이아

늑대지만
해치지 않아요

마르셀은 회색 늑대인 다이아 가문의 장녀였다. 그녀는 아주 어릴 때부터 자신이 남들과는 다른 구석이 있다고 느끼고 있었다.

'이 세상 돌아가는 꼴이…… 나한테 좀 불합리하지 않나?'

겉으로 보기에는 잘 적응했지만, 속으로는 어쩐지 이 세계가 조금 이상하다는 생각을 떨칠 수 없었다.

'짝을 찾는 일 물론 좋지. 좋은데…… 그게 전부는 아니잖아.'

아주 어릴 때부터 마르셀에게는 파티가 끝없이 이어졌고, 소개가 꼬리에 꼬리를 물었다. 네 또래인 이 남자애는 누구란다, 하며 부모님이 등을 떠미는 일도 잦았다.

'나도 알아. 누군가와 짝짓는 일이 살면서 가장 중요한 일이라는 거.'

각자의 분야에서 재능을 뽐내던 사촌 언니들은 어느 시기가 되면 결혼을 하고, 더 이상 빛나는 일 없이 사라져 버리곤 했다.

'다들 마치 여자의 인생은 결혼으로 결정되고 끝나는 거라고 생각하잖아?'

사랑을 믿지 않는 것은 아니다. 사랑하는 사람을 만나 가정을 꾸리고 그 결실인 아이를 낳는 일, 무척 아름답다고 생각한다.

'다만 내가 그 인생을 원하지 않을 뿐이지. 모두가 같은 길을 갈 필요는 없

잖아.'

마르셀은 어릴 때부터 다른 길이 있다고 믿었다. 남들이 걷지 않은 아주 무수히 많은 길이 그녀를 유혹했다.

'나는 커서 무엇이 될까? 무엇이 되고 싶은 걸까?'

그 때문에 마르셀은 자주 공상에 잠겼다. 파티나 다과회 그리고 학교 등, 깨달아 보면 자주 무리에서 홀로 떨어져 있곤 했다.

'짝을 찾는 일보다 나는 내가 커서 뭐가 될지 더 궁금해.'

그러다 보니 언젠가부터 '외로운 늑대'라는 별명이 생겼다. 듣기 싫은 별명이었다.

'외롭고 싶어서 외로운 게 아닌데.'

더 궁금한 일이 있다 해서 외롭고 싶은 건 아닌데. 사랑하고 싶지 않은 것도 아닌데. 이 마음을 드러내기가 겁이 나고 따돌림 당할까 봐 외로웠다.

그래서 알렉산더가 위안이었다. 아주 어릴 때부터, 알렉산더 바스커빌, 그 대단한 바스커빌가의 장남이 말이다.

'그 애는 정말…… 대단해.'

마르셀은 생각했다. 내 인생에 알렉산더가 없었다면 외로워 말라비틀어져 버렸으리라고.

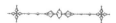

"마르셀 다이아예요."

"알렉산더 바스커빌입니다. 알렉이나 알렉스라고 불러 주세요."

친척의 결혼식장에서 처음 만났을 때부터 느꼈다.

"멀리서 봤는데 참 지루해 보여요, 마르셀 양. 하긴 당사자한텐 특별하겠지만, 좀 재미없는 결혼식이죠? 개성도 없고 비슷비슷한 게……."

짧은 만남이었지만, 모든 게 어떻게 이럴 수가 있나 싶을 정도로 잘 맞았다.

'응?'

물론 첫 만남에서 그 애가 빙그레 웃더니 인파를 헤치고 마치 오랜 친구라도 만난 듯이 다가왔던 것이나.

"널 만나서 정말 좋아."

마지막에 자신의 손을 쥐고 손등에 키스한 것은 좀 느끼하긴 했지만 말이다.

"또 만나자."

회색 머리를 깔끔하게 빗어 넘긴 무척 신사 같던 남자애.

'바스커빌?'

엄청 대단한 가문이었다. 잠시 서서 한 대화는 즐거웠지만, '또 만나자.'라는 말은 당연히 인사치레인 줄 알았다.

그런데 며칠 뒤, 다이아가로 초대장이 왔다.

「저를 기억하시나요? 마르셀 다이아 양.」

무척 유려한 필체의 초대장이었다.

「얼마 전 있었던 웨어가의 결혼식에서 마르셀 양과 대화할 영광을 누렸던 알렉산더 바스커빌이라고 합니다. 혹시 시간이 허락된다면…….」

사정을 잘 모르던 부모님은 바스커빌가의 인장이 박힌 초대장을 보고 난리가 났다.

"그런 게 아니라니까요?"

드레스를 고른다, 갑자기 머리를 어쩐다 저쩐다…….

'진짜 싫어.'

알렉산더를 오해한 것이다. 물론 그땐 마르셀도 그를 오해하고 있었다.

어쨌든 초대장에 적힌 날짜에 멋진 차가 집에 도착했고, 두통이 일 정도로 화려하게 머리를 땋은 마르셀은 바스커빌가의 저택으로 갔다.

'네가 나에 대해 뭘 아는데?'

마치 헐값에 팔려가는 심정으로 말이다.

마르셀은 이를 꾹 악물었다. 짜증이 난다고 생각했다. 실제로 점점 짜증이 났다.

'네가 뭔데? 물론 대단한 가문의 애란 건 알고 있는데!'

알렉산더는 저택 앞에 마치 집사처럼 마중 나와 있었다. 그가 차 뒷좌석의 문을 열어 주자마자, 인사를 하기도 전에 마르셀은 폭발했다.

"나는 너랑 잘해 볼 생각 없어!"

"……."

차 문을 잡은 알렉산더의 동공이 흔들렸다. 마르셀은 순식간에 쏘아붙였다. 혼사로 이어질 뻔한 이런 만남을 물리친 게 하루 이틀 일은 아니었다.

"결혼할 생각 없다고!"

보통 이렇게 나오면 반응은 두 가지로 갈렸다. 무례하다며 붉어진 얼굴로 화를 내거나, 자기도 그럴 생각 없었다며 그녀를 깎아내리고 비난하거나.

하지만 알렉산더는 달랐다.

"……."

한참을 석상처럼 굳어 있던 알렉산더는 이윽고 곰곰이 생각하는 표정이 되었다. 그러더니…… 웃기 시작했다.

"하하하하하!"

어이없어 하는 것도 아니고 그저 맑은 웃음소리였다. 마르셀은 눈을 깜박깜박 떴다.

"마르셀, 넌 무척 아름다운 사람이야. 누구나 널 보면 친해지고 싶고 또 네가 걱정하는 것처럼…… 그보다 더 친밀해지고 싶기도 하겠지."

알렉산더는 마르셀의 두 손을 쥐고, 마치 그녀를 차에서 꺼내듯 끌어당겼다.

"난 너와 친구가 되고 싶어서 초대장을 보냈어. 뭔가 오해한 모양이야."

안심해도 괜찮다는 듯한 얼굴이었다.

"네가 겁낼 일은 아무것도 일어나지 않을 테니까, 무서워하지 마."

마르셀은 어리둥절하여 끌려 나왔다. 그리고 그날 무척 재미있는 시간을 보냈다.

"와……!"

누가 바스커빌가의 저택 안을 샅샅이 구경할 수 있겠는가? 알렉산더는 그날 지하에 있는 연구실까지, 저택의 구석구석을 모두 보여 주었다.

'집에 이런 곳이 있다고?'

마르셀은 알렉산더가 보여 주는 공간마다 감탄하고, 감탄하고, 또 감탄했다. 그리고 음식들은 또 어쩜 그리 맛있던지!

"매일 이런 것만 먹고 살아?"

"그렇진 않지. 나도 다이어트하는걸."

"네가? 왜?"

"음…… 매력적으로 보이고 싶으니까?"

'누구한테?'

알렉산더는 친절하고 재미있었다. 또 상대의 이야기를 잘 경청하고, 공감할 줄 알았다. 깨닫고 보니, 마르셀은 자신의 속마음을 줄줄 말하고 있었다.

"내가 가족과 가문 중심으로 돌아가는 이 사회 체제를 바꾸고 싶은 건 아냐. 이해하지?"

"그럼."

"그냥 나는 이상하단 거지. 이 모든 게 왜 자연스럽지 못한데?"

"그러게."

"왜 적당한 상대를 적당한 시기에 만나지 못하면 죽기라도 하는 것처럼 안달복달하는 건데?"

그런데 그게 위협으로 느껴지지 않았다. 왜냐하면 알렉산더는 그 정보로 자신을 해칠 것 같지 않았으므로.

그때 마르셀은 열세 살이었다.

마르셀은 알렉산더와 금방 친구가 되었다.

마르셀에게 그는 고민과 불안, 슬픔이나 외로움을 모두 말할 수 있는 사람이었다. 그녀 또한 그에게 그런 사람이었고.

"사람들은 내게 많은 것을 원해. 바스커빌가의 장남이자 차기 가주로서. 내가 그저 어린아이일 뿐이란 사실을 잊곤 하지."

알렉산더에겐 의지하기엔 나이 터울이 좀 나는 동생 두 명이 있었고, 아주 어릴 때부터 가장의 역할이라는 큰 짐을 지고 있었다.

"무섭고 외로울 때가 있어. 하지만 이걸 드러내면 약점이 되지."

그래서 마르셀에게 의지하길 원했다.

마르셀은 기쁘게 제 품을 내어 주었다.

"너와 같이 있으면 안심이 돼."

알렉산더는 자주 그녀의 품에 안기어 숨을 쉬었다.

"내가 안심하고 의지하는 사람은 너뿐이야."

마르셀은 알렉산더와 오랜 시간 우정을 유지했다. 세간에선 남자와 여자는 우정을 나눌 수 없다고, 한쪽이 참는 게 분명하다고 했지만, 그렇지 않았다.

"알렉은 내 진정한 친구야."

누군가 두 사람이 약혼한 줄 착각이라도 하면, 마르셀은 단호하게 말했다.

언젠가부터 알렉산더의 웃음이 씁쓸하게 느껴지긴 했지만, 착각이라고 생각했다. 언제까지나 네가 거기 있겠지, 생각했다.

"난 잘 모르겠어. 사랑을 하고 싶지 않은 건 아닌데, 발목을 잡히고 싶지는 않아."

"……."

"상대의 발목을 잡고 싶지도 않고. 나는 오히려 그런 게 사랑이 아닐까 해. 자유, 자유를 주는 것 말이야."

이기적이었는지도 모르겠다는 생각이 든 것은 훗날의 일이었다.

"너도 내가 말도 되지 않는 소리를 한다고 생각하니?"

알렉산더는 마르셀의 말을 듣고 미소 지으며 답했다.

"네가 생각하는 사랑이 그런 것이라면 그런 것이겠지."

알렉산더가 결혼에 대한 고민을 털어놓은 것은 마르셀이 스물넷이 되어서였다.

"아마 결혼하게 될 것 같아."

알렉산더는 무덤덤한 얼굴이었다. 조금은 피로해 보이기까지 했다.

"……."

"당장은 아니겠지만. 동생들은 결혼할 생각도 없어 보이고, 우리는 방계도 없으니까 대대로 피를 이어 가려면 어쩔 수 없는 일이지."

마르셀은 함께 식사를 하고 있던 중에 짤그랑 소리를 내며 포크를 떨어뜨렸다.

"……어."

뭐라 할 말을 찾지 못했다. 마르셀은 시선을 이리저리 곁에 있던 촛불이며 와인 잔에 두다가, 고개를 들어올렸다.

"너희 원래 정략혼은 안 하지 않니?"

바스커빌가의 저주에 대한 이야기였다. 알렉산더는 쓴웃음을 지었다.

"그걸 정말로 믿어?"

바스커빌가는 사랑을 위해 그 무엇도 불사한다. 사랑은 바스커빌가의 유일한 족쇄이며, 그 외의 어떤 것으로도 그들을 묶어 둘 수 없다.

"물론 우리 가문이 연애결혼을 지향하는 게 사실이고, 나도 조건만으로 결혼 대상을 고르고 싶진 않아. 오래도록 사랑할 사람이라면……."

거기까지 말한 뒤 알렉산더는 입을 다물고 고심했다.

"너처럼 말이 잘 통하고, 같이 있으면 기분이 좋은 사람이어야지."

"……."

"하지만 혼기도 찼고, 회사 이사진이며 온갖 곳에서 차기 후계자 이야기를 하며 성화인데, 동생들은 내가 진 짐을 나눠서 질 생각이 없거든."

일생일대의 사랑. 바스커빌가에 얽혀 있는 무척 동화 같은 이야기였다.

"그럼 내가 짊어져야지. 그게 내 숙명인 것 같아."

머릿속이 어지러웠다. 축하해야 하나 말아야 하나 생각하는데, 알렉산더가 힘없이 웃었다.

"건투를 빌어 줘."

그날 이후, 알렉산더는 무척이나 바빠졌다.

'음…….'

물론 마르셀도 바빴다. 당시 졸업 논문 제출이 코앞이었고, 대학원 준비도 하고 있었으므로. 깨달아 보면 정신없이 하루가 지나가 있었다.

'이상하네.'

그런데 왜 휴대전화를 무심코 만지작거리게 되는지 몰랐다.

'……바쁜 것 아는데.'

물론 바쁘다 한들 알렉산더만 할까. 경제 주간지 표지에 등장하는 남자다. 빈틈없고 완벽한 슈트 차림으로 말이다.

'왜 나랑 친구하는 거지?'

돌이켜보면 첫 만남 때 대체 무엇이 알렉산더를 끌어당겼는지, 마르셀은 몰랐다.

'다른 친구가 있는 것 같지도 않은데……'

흰 가운을 입고 연구실에 앉아 있던 마르셀은 문득 노을이 지는 창밖 풍경을 바라보았다.

'외로워.'

알렉산더의 친구 관계는 무척 좁아서 마르셀은 누군가의 이야기를 들은 적도 없었고, 소개받은 적은 더더욱 없었다.

"……"

같은 학교는 아니었어도, 그런 알렉산더와 매일같이 어울리다 보니 마르셀도 자연스럽게 친구가 없었다. 단둘이어도 충분했다.

"암호 알고리즘을 공부하고 싶어."

"보안학 쪽에서 일하게?"

"그것보다는 조금…… 순수학문 쪽으로."

같이 있으면 재미있었다. 무슨 이야기든지 할 수 있었다.

"그럼 나중에 우리 회사에서 일하면 되겠네."

"되겠어? 네 아래서는 일 안 할 거야. 원래 친구끼리 같이 일하면 싸운다잖아."

서로가 딛고 서 있는 영역이 달라도 괜찮았다.

"난 올해 월반해."

"경영학 쪽으로 가겠지?"

"그렇겠지, 할 수 있는 일이 이것뿐인걸."

바스커빌가의 사유지인 해변가에서 맨발로 모래를 밟으며 했던 대화들.

"그 교수님 연구 주제가 흥미로워. 퍼블리시되는 저널의 양도 괜찮고."
"그래."
"다중선형함수 공부를 하고 싶었거든. 그 분야의 권위자이시니까."

해외에 있는 무척 아름다운 별장까지 전용기를 타고 날아가, 별이 가득한 하늘을 바라보며 밤새워 했던 대화들.

"공부 재미있어?"
"응, 대학원에 진학하고 싶을 정도로."
"혹시 있잖아. 내가 그런 건 잘 모르긴 하지만…… 노동 착취가 일어난다면 나한테 꼭 말해 줘."

같이 있다 보면 실없는 말에도 웃게 되었다.

"대체 뭘 걱정하는 거야?"

알렉산더는 그녀를 웃게 했다. 어느새 그런 것들이 익숙해졌다.
"……"
생각해 보니 모든 게 그와 함께 쌓은 추억이었다.
알렉산더를 만난 후부터 지금까지, 그를 빼고 나면 제대로 된 기억이 하나도 없었다. 단 하나도…….
"……"

"왜 그런 표정을 지어, 마리."

알렉산더가 결혼 의사를 밝힌 날 밤.

마르셀이 멍하니 생각에 잠긴 것을 눈치챈 알렉산더가 의자에서 일어나 그녀의 곁으로 다가왔다.

"넌 내 친구야."

그리고 한쪽 무릎을 꿇더니, 그녀의 의자 팔걸이에 제 두 팔을 얹었다.

"날 봐, 마리. 내가 결혼해도 우리 사이가 바뀌는 일은 없을 거야."

하지만 마르셀은 그 말이 믿기지 않았다. 실제로도 지금, 전화는 걸려 오지 않고 있지 않은가.

'아니지, 아니지. 당연한 거지.'

알렉산더의 말대로라면 이 시각, 친구는 문아이즈가의 영애와 한창 선을 보고 있을 터였다.

'내가 지금 질투하는 건가?'

이름 모를 상대한테 친구를 빼앗기는 느낌이 썩 좋지 않은 건 사실이었다. 하지만 친구라면, 축하해 줘야 하는 것이 아닌가.

'머리로는 알지, 아는데.'

언제나 자신과 발맞춰 걷던 알렉산더가 다른 길로 걸어간다.

"날 봐, 마리. 내가 결혼해도 우리 사이가 바뀌는 일은 없을 거야."

알렉산더가 거짓말을 하려는 건 아니겠지만, 그게 사실이 아니란 걸 마르셀은 알고 있었다.

"어제 새로 오픈한 레스토랑에 갔는데, 네가 좋아하던 농어 카르파초를 주력 메뉴로 내세운 것 같더라."

"……."

"같이 가자. 시간 괜찮을 때 말이야."

왜냐하면 이미 많은 것들이 바뀌고 있었으니까.

마르셀은 한때 알렉산더의 약혼녀로 소문이 난 때도 있었다. 심지어 그 소문은 누구도 부정하지 않아 제대로 지워지지도 않았다.

"오히려 부정하면 먹잇감을 던져 주는 꼴이야."

"……."

"강한 부정은 강한 긍정이라느니, 이렇게 기를 쓰고 부정하는 걸 보니 뭔가 있는 게 아니냐느니. 뭐 하나 건수 잡으면 끔찍하지."

그건…… 언론이 물어뜯는 데 이골이 난 알렉산더의 부탁 때문이었다.

"미안해. 널 배려하지 않는 게 아니라, 혹시 더 심한 일을 당할까 봐……. 정정 보도를 내야 할까?"

알렉산더는 무척이나 미안해하면서 말했다. 당시에 그 말이 맞는 것처럼 느껴졌다.

'자기 잘못도 아닌데 미안하다고 하네.'

부모님은 물론 기대했지만 마르셀은 소문 따윈 상관도 없었다. 그저 '앤 참 힘들게 사는구나.' 그런 생각뿐이었다.

"누나가 마르셀이에요?"
'우와, 얘 완전 알렉 미니어처네.'
어느 날 바스커빌가 정원에서 알렉산더와 똑 닮은 막냇동생을 만난 일도 있었다.
"그래, 내가 알렉의 친구야."
바스커빌가가 자랑하는 수국 정원에서였다. 마르셀은 친구와 똑 닮은 막냇동생을 들어 올렸다.
"이름이 뭐예요?"
"로만."
도자기 인형 같은 남자애였다.
'귀여워.'
싫어하는 기색도 없이 마르셀의 품에 폭 안긴 로만이 그녀에게 말했다.
"친구? 약혼녀가 아니라요?"
"그래."
"하지만 형은 당신을 사랑해요."
'당돌하네.'
"나도 알렉 사랑하는데."
그 말에 그 어린아이의 단정한 미간이 찌푸려졌다.

"그게 아니라……."

마르셀은 로만이 무슨 말을 하려는지 알았다.

"진짜 사랑이요."

"나도 그렇다니까? 그런데 너 정말 알렉이랑 닮았구나."

알렉산더와 자신을 제외한 모두가 두 사람을 '잘 어울리는 아름다운 짝'이라고 생각했다.

"난 안 닮았는데요. 여기 있는 누구와도 안 닮았어요."

알렉산더의 미니어처가 퉁명스레 말했고, 마르셀은 웃었다.

'깜찍하기도 하지.'

오해, 그 바탕엔, 알렉산더가 마르셀을 사랑한단 잘못된 믿음이 있었다. 마르셀도 한때는 착각을 했었다.

"넌 누구 안 사귀어?"

얘 혹시 나를 좋아하나, 하고. 하지만 아니었다.

"난 생각 없어. 아버지 투병 이후로 일이 바쁘기도 하고. 연애할 시간이 어디 있겠어?"

"그래?"

알렉산더는 오히려 가문의 일에 정신이 팔린 듯했다. 거대한 회사와 수많은 책임을 어깨에 지고 있는 그에게 사랑은 언제나 늘 몇 걸음 뒤에 있어 보였다.

"그렇지, 이렇게 너와 놀기도 바쁜데. 그리고 난 사실 결혼이란 것 잘 모르겠어."

항간에 도는 '사랑에 죽고 사랑에 산다'는 바스커빌가의 소문에 비추어 본다면, 알렉산더는 별종인 듯했다.

"네 말대로 결혼은 인생의 무덤이잖아."

그 말대로였다. 마르셀은 늘 알렉산더에게 투덜거렸다.

"……."

결혼을 하면 남편과 아이에게 매이게 될 거라든가, 하고 싶은 공부를 할 수 없게 될 거라든가.

"나라면 좋아하는 여자한테 절대 그러지 않을 텐데."

그러면 알렉산더는 옆에서 입버릇처럼 말했다.

"내 부인이, 내 편이 나타나면, 나는 절대로 구속하지 않을 텐데. 하고 싶은 건 마음껏 하게 해 주고, 또 기다리라면 기다릴 텐데."

"물론 넌 그렇겠지. 하지만 너 같은 애가 또 어디 있겠어?"

말을 지키기만 한다면 정말 완벽한 신랑감이다. 품행방정하지, 잘생겼지, 말도 되지 않는 부를 가지고 있지.

'그렇구나. 내내 내 옆에만 있어서 평범해 보였지, 얘 실은 대단했구나.'

대체 이런 신랑감이 어디 있을까?

'정말로 대단한 애였어.'

그런 알렉산더가 결혼 시장에 나온 것이다.

알렉산더가 선 시장에 나오자마자 미디어 매체에선 난리가 났다.

"그냥 호들갑이지. 우리 가문 싫어하는 사람들도 많아. 믿을 수가 없다나? 생각보다 인기 없어."

물론 바스커빌가와 연을 맺고 싶지 않아하는 가문도 많다고 알렉산더는 설명했지만, 마르셀에겐 별세계 얘기처럼 느껴졌다.

"아무튼 너한테 예전 소문 때문에 영향 가게 하는 일은 없을 거야."

알렉산더의 말대로, 지금까지 언론에서 약혼녀로 여겨졌던 마르셀의 이름은 거의 수상할 정도로 등장하지 않았다.

"허휴……."

"우리 정말 친구 사이였다니까요?"

그녀가 집에 돌아올 때마다 TV를 보고 있던 부모님의 한숨은 깊어졌지만 말이다.

"……."

마르셀은 방으로 들어와 가방을 책상에 내려놓고 의자에 앉았다. 아무 변화가 없었다. 표면적으로는.

"날 봐, 마리. 내가 결혼해도 우리 사이가 바뀌는 일은 없을 거야."

'그런데 기분이 왜 이렇게 가라앉지?'

보통 때라면 알렉산더에게 전화해, 미주알고주알 털어놓고 제 감정이 무엇 때문인지 진단받았을 텐데. 이번엔 어쩐지 그럴 수가 없었다.

'지금 선보고 있을까?'

마르셀이 보기에 알렉산더의 스케줄은 그녀가 들어갈 수 없을 만큼 빈틈이 없어 보였기 때문이었다. 하지만 정말로 그것 때문만일까?

'알고 싶지 않다.'

마르셀은 기분이 더 나빠져서 눈을 꾹 감았다. 속이 메슥거렸다.

"밥 안 먹을 거니?"

"생각 없어요!"

문밖에서 부르는 엄마에게 대답하는 목소리가 커지는 걸 막을 수가 없었다.

외면하고 싶은 감정이 있다. 서로 바빠지면, 잘 회피할 수 있을 거라 생각도 해 봤는데.

"알렉?"

단순히 바빠졌을 뿐, 알렉산더에게 그녀는 여전히 마음 맞는 대화 상대였다는 게, 문제라면 문제였다.

"바빠?"

몇 주 못 봤다 싶었더니, 대학 정문 앞에 잘 빠진 스포츠카가 서 있었다.

"연락은 왜 안 하고?"

"휴대전화가 망가졌어. 미안해. 바빠? 이야기하고 싶은데."

거기에 기대어 있던 알렉산더가 귀를 쫑긋거렸다. 마르셀은 가방을 고쳐 맸다.

"그냥 연구실로 오지. 언제부터 기다린 거야?"

"너랑 길 엇갈릴까 봐 그랬지. 넌 늘 정문으로 다니니까."

드라이브하러 가자, 알렉산더가 말했다. 마르셀의 귓가에 지나가는 사람들의 수군거림이 들렸다.

알렉산더는 생각할 일이 있을 때, 늘 차의 핸들을 쥐었다. 옆자리엔 마르셀을 앉혀 두고.

"나를 마음에 들어 하는 분이 몇 분 계시는데…….”

그래서 듣는 이야기가 바로 이것이다.

"나야 황송하지. 다들 괜찮은 분 같았어."

친구의 연애…… 결혼 상담 말이다. 마르셀과 마찬가지로, 알렉산더는 자신에게 일어난 일을 모두 그녀와 공유하고 싶어 했다.

"……그래? 그중에서 더 좋은 분은 없고?"

실은 알고 싶지 않았는데도.

"사실 만나는 분 모두가 내겐 좀 과분하다고 느껴져. 교양도 있고 말재간도 뛰어나시고."

"너도 대단해. 넌 네가 누구인지도 몰라?"

그 말에 알렉산더가 꼬리를 슬렁 움직이며 말없이 웃었다.

"……."

그게 '나한테는 이런저런 약점이 있으니까.' 하는 뜻으로 들렸다. 적어도 마르셀에겐.

'네가 남들보다 못한 게 뭔데?'

마르셀은 속이 부글부글 끓었다.

'뭐가 부족해서 그런 태도를 보이는데?'

미쳐 버린 아버지니, 가문을 휘감고 있는 흉흉한 소문이니, 딸린 식구들이니……. 그런 소문은 발목조차 잡지 못할 정도로 알렉산더는 대단한 사람이었다.

"알렉, 하고 싶지 않으면 하지 마."

솔직히…… 진심이었다.

"이상해, 나 너 팔려 가는 기분이 들어."

"팔려 가긴, 내가 모셔 오는 건데."

"……."

"내 삶으로 말이야."

알렉산더는 속도 없이 웃었다.

"모셔 오면 정말 잘해 드려야지. 힘든 결정 하신 거니까."

꼬리를 흔들거리면서.

마르셀도 꽤 괜찮은 가문의 장녀였다. 늑대 라운드에 속하기도 했고. 뭐 그래 봤자, 바스커빌가의 맞선 상대가 될 정도는 아니었지만.

"사실 가문 같은 건 상관없어. 물론 내가 선을 보고 있긴 하지만, 그건 지금까지 이렇다 할 연애를 하지 못해서지."

알렉산더는 그날 정말 생각이 많았는지 혼잣말처럼 중얼거리며 한참 차를 달리다가, 마르셀을 집 앞에 내려 주었다.

"차라도 하고 가지."

부모님이 달려 나와 알렉산더에게 차를 권했지만, 그는 전과 달리 깍듯하게 거절했다.

"괜찮습니다, 일이 있어서요. 마르셀, 그럼."

정말로 일이 바쁜 와중에 짬을 내어 마르셀을 만나러 온 듯했다.

"난 많은 걸 바라지 않아."

이야기를 종합해 보니, 아무래도 알렉산더는 라이프 파트너를 원하는 것 같다. 사랑, 사랑하는 상대보다는……

"곁에 있어 줄 수 있는 사람, 의지할 수 있고, 또 나를 의지할 사람. 물론 사랑이 있으면 참 좋겠지만……"

'알렉은 사랑을 한 적이 있을까?'

침대에 드러누운 마르셀은 곰곰이 생각했다. 생각을 하지 않고는 견딜 수 없었기에.

'알렉은 사랑을 해 본 적이 없어.'

없을 것 같았다.

'적어도 내가 알던 동안은.'

지금까지 늘 곁에 있었고, 알렉산더는 그녀에게 무엇이든 말했으니 말이다.

'사랑을 했다면 내게 말했겠지.'

마르셀은 더 나아가 보았다.

'나는 사랑을 해 본 적이 있나?'

갑자기 왜 가슴에 아릿한 통증이 일어나며 알렉산더의 얼굴이 떠오르는지 모를 일이었다. 마르셀은 고개를 젓고 다시 고쳐 생각했다.

'나도 사랑을 해 본 적 없어.'

사랑은 좋은 일이라고 생각한다. 누군가는 사랑을 하고 나서 온 인생이 송두리째 바뀌는 변화를 겪는다고도 했다.

"……."

하지만 마르셀은 무서웠다. 한 사람한테 속한다는 것이, 그리고 그 종속이 인생을 송두리째 바꿀 수도 있다는 것이.

'사랑을 하기보단 차라리 외로운 것이 낫다고 생각했어.'

외톨이 늑대. 이것도 다 알렉산더가 나타나기 전까지의 이야기였다.

"우리는 그래도 친구지?"

그런데 알렉산더가 이제 다른 길로 걸어가려 한다.

'결혼하고 아이도 낳겠지.'

늑대, 다른 가문도 애야 쓰겠지만, 늑대들은 여간해선 일평생 같이하기로 정한 상대를 배신하지 않는다.

'사랑하는 상대가 아닌 적당한…… 그저 자신과 잘 맞는 상대와.'

알렉산더는 아마 잘할 것이다. 친절하고 다정다감한 사람이니까. 그러다가 사랑이 피어날 수도 있겠지.

'그렇지만 상대방을 사랑하게 될지, 그렇지 않을지는 모르는 거잖아.'

하지만 그건 너무 외로울 것 같다.

'아니…… 외로운 건 나인가?'

마르셀은 점점 우울해졌다. 알렉산더에 대해서는 잘 알았다. 언제나 자신의 속마음을 여과 없이 들려주었으니까.

"난 좋은 가정을 이루고 싶어. 아버지는 이루지 못했던 다정다감한 가정을."

그러니까 결혼하면 곧 알렉산더의 아이들도 태어나겠지. 알렉산더의 아이들은 정말로 귀여울 것 같았다.

'나한테도 소개해 주겠지?'

분명 귀여울 것 같았지만, 로만을 만났을 때처럼 대할 수 있을까 생각하니 자신이 없었다.

'나 정말 뭐니?'

친구가 결혼을 하려 한다. 그것뿐인데 마르셀은 혼란스럽고 어쩐지 가슴이 아팠다.

'난 걔가 결혼 안 했으면 좋겠어, 사랑 없이는.'

그날 마르셀은 꿈을 꾸었다. 하도 알렉산더 생각을 해서인지 그가 나오는 꿈을. 그런데 거기서 알렉산더는 친구가 아니었다.

"……."

꿈을 꾸던 도중에 깜짝 놀라 일어난 마르셀은 무의식중에 턱에 고인 식은땀을 훔쳤다.

'이게 무슨 꿈이야?'

휴대전화로 해몽을 뒤져 볼 정도로 이상한 꿈이었다.

알렉산더와 키스한 것이다. 이상하다. 자신은 알렉산더를 남자로 본 적이 없는데.

'친구잖아. 남자로 보일 리가 없는데.'

하지만 두 팔을 움켜쥔 알렉산더의 손이, 그리고 자신의 떨림이 너무도 생생해서 현실 같았다. 그럴 리가 없는데도.

─마르셀, 마리. 나와 결혼해 줄래?

꿈속에서도 그 말을 듣고 놀랐다.

"……."

사실은 그 말을 듣고 반응한 자신에게 더 놀랐다. 기뻐했었다.

'기뻤다고?'

마르셀은 마른세수를 했다.

'무슨 생각이야 진짜.'

꿈은 무의식을 비추는 거울이라는데. 이게 바로 남 주기는 아깝고 나 가지기는 싫다는 심보인 것일까?

그냥 꿈이다. 아무 의미 없는 개꿈, 토끼꿈, 말꿈 같은 것이다. 꿈이 뭐? 무슨 의미심장한 말이라도 담고 있단 말인가? 그냥 늑대꿈이다.

'친한 늑대의 꿈…….'

"너 왜 정신을 못 차리니?"

실험실 컴퓨터 모니터를 멍하니 들여다보고 있던 마르셀은 선배의 장난스러운 핀잔에 번뜩 정신을 차렸다.

"너 요즘 빠졌다?"

"그게, 요즘 잠을 좀 설쳐서요."

"불면증인가? 공부 너무 열심히 해서 그런 거 아니야?"

마르셀은 웃으며 눈을 비볐다.

하지만 상황은 생각보다 심각했다. 그날 한 번이면 모르겠는데, 매일 밤 꿈에 알렉산더가 나왔다.

'나 욕구불만인가?'

심지어 점점 수위가 높아지고 있다. 실제로는 딴 남자와도 키스 한 번 해 본 적이 없는데 말이다. 알렉산더가 꿈에서 자신을 만진다. 그리고 꿈속에서 자신은…….

마르셀은 머리를 털어 냈다. 꿈은 꿈일 뿐이고, 지금은 현실이었다. 공부해야 했다.

꿈이 있었다. 어쩌면 온 인생을 바쳐도 이루지 못할 꿈이었다.

학문에 몸을 던진다는 것은 그런 일이다. 재능이 반짝반짝 빛나던 선배들이 결혼과 육아로 날개가 꺾여 부러지는 꼴을 얼마나 많이 보았던가.

'사랑은 늑대 덫이 아닌가?'

아주 추운 지방에서는 늑대를 잡기 위해 피 묻은 칼에 실을 매달아 나무에 걸어 둔다고 한다.

'적어도 우리한테는…….'

너무 추워서 감각이 얼어붙은 늑대들은 피 묻은 칼을 발견하고 그것을 핥는다. 그 칼날은 늑대의 입에 상처를 내지. 그럼 칼날을 핥는 늑대는 서서히 과다 출혈로 죽게 되는 것이다.

'그래서 나는 덫에 걸리지 않게 주의해 왔어.'

사랑보다 더 중요한 게 많았다. 하지만 지금 생각해 보니…….

'……나 매력이 없나?'

마르셀은 이제야 의문에 휩싸였다. 생각해 보면 주의할 필요도 없이, 제게 다가오는 사람이 없었다.

'지금까지…… 예쁘다는 말은 많이 들었어. 하지만 내가 좋다고, 사귀어 보고 싶다고 하는 사람은…… 없었지.'

마르셀은 객관적으로 자신이 참 괜찮은 사람이라고 생각했다. 하지만 타인은 자신을 비추는 거울이었다.

'내가 무슨 문제가 있나?'

어쩌면 소문 때문인지도 모르고, 또 어쩌면 너무 많은 시간 동안 알렉산더와 어울려서인지도 몰랐다.

"……."

마르셀은 컴퓨터 옆에 있던 탁상용 거울에 시선을 던졌다. 어쩐지 아침에 세수하고 나서 거울을 보았던 때보다 푸석푸석한 것도 같았다.

차라리 알렉산더를 만나지 않는다면 지금 왜 이러는지 생각을 좀 정리할 수 있을 텐데. 이 사태를 모르는 알렉산더는 짬짬이 그녀를 찾아왔다.

"왜 그렇게 쳐다봐, 뚫어지겠다."

만날 시간이 없다고 하면 학교로 불쑥 찾아와 말이다.

"응?"

마르셀이 뚱한 얼굴로 알렉산더를 바라보자 벤치에 앉아 있던 그가 물었다.

"예뻐서 좀 봤어."

마르셀이 따뜻한 캔 커피를 손에 쥐고 퉁명스럽게 말했다. 그러자 알렉산더가 하하, 하고 맑은 웃음소리를 공기 중에 토해 냈다.

"내가 네 눈엔 예쁜가? 너한테 그런 소리 들으니까 좋네."

'능글맞기도 하지.'

마르셀은 한숨을 쉬었다.

한밤중이어도 실험실이 위치한 건물의 불빛은 꺼질 줄 몰랐고, 교정에는 여전히 사람들이 거닐었다.

'이러니까 내가 남자친구가 없지.'

때는 바야흐로 봄이었다. 아직은 이따금 칼날 같은 바람이 불었으나 그 속살엔 따스함을 숨기고 있었다.

"선은 어떻게 되어 가?"

"하하…… 글쎄, 당연하겠지만, 잘 안 되네."

옆에 앉은 알렉산더가 친구가 아니라 완벽한 남자로 느껴진 것은 왜일까? 그렇게 오랜 시간 함께 있었음에도 처음이었다.

"……."

마르셀은 이상하게 신경이 날카로워졌다. 성인이 되면 꼬리나 귀로 전하는 언어를 통제할 수 있도록 배우는데, 그게 잘 되지 않을 정도로.

"너 눈이 높은 거 아냐?"

'네가 좋다면 세상에 널 거절할 여자가 어디 있겠어.' 하는 뜻으로 말했다.

'왜냐하면 넌 진짜 잘났잖아. 네 뒤에 있는 가문이 아니더라도 넌…… 대단하잖아.'

이걸 왜 이제야 알았을까? 곁에 있었기 때문에 몰랐던 걸까? 언제나 숲 안이었기 때문에, 나는 알렉산더가 숲인 줄 몰랐던 것일까?

"……음, 그럴지도 모르겠다."

알렉산더는 고개를 들어 하늘을 바라보았다. 그의 회색 귀가 뒤로 젖혀졌다.

"그러게……."

알렉산더는 한참을 생각에 잠겨 있었다.

"너만 한 사람이면 바랄 게 없을 텐데……."

마르셀은 그가 이윽고 혼잣말처럼 중얼거리는 목소리를 들었다.

"자, 그만 일어날까?"

알렉산더가 고개를 돌리고 상큼하게 웃었다.

"오늘 얼굴 봐서 반가웠어."

'뭐?'

자신의 마음엔 불을 지르고 말이다.

"너도 이제 집에 가야지, 부모님 걱정하시겠다."

'뭐? 그게 무슨 뜻이야?'

마르셀은 묻지도 못하고 그대로 집까지 끌려갔다.

"좋은 꿈 꿔. 또 보자."

알렉산더는 차에서 나와 담백하게 마르셀을 배웅하곤 사라졌다.

"너만 한 사람이면 바랄 게 없을 텐데……."

'그게 무슨 뜻인데?'

실은 아무 뜻도 없을 것이다. 알렉산더는 실없이 칭찬을 많이 건네는 사람이
었다.

"네 머리칼은 정말 아름다워."

스스로는 지저분한 회색빛의 긴 머리칼이라고 생각하는데.

"네 눈은 보석 같아."

그냥 평범한 얼굴에 평범한 눈이라고 생각하는데.

알렉산더에게 칭찬을 들으면 으쓱하긴 했지만, 마음속 한구석으론 사실이 아니란 걸 알고 있었다. 이제 그런 칭찬을 다른 사람에게도 하겠지.

'더 이상 그 칭찬은 실없지도 않겠지. 파트너니까, 아내이니까.'

마르셀은 과제를 집에 들여다 놓고 그 안에 빠지려다 어지러워 그만두었다.

'알렉이 결혼할지도 모른다.'

알렉산더에게 특별한 사람이 생긴다. 그 특별한 사람은 엄청난 행운아일 것이다. 아내에게 얼마나 잘하겠는가? 친구한테도 그렇게 다디단 말을 많이 건네는데…….

"……."

마르셀은 일할 때 쓰는 안경을 벗고 거칠게 마른세수를 했다.

'내가 지금 왜 이러지?'

사랑, 사랑 참 좋은 일이다. 하지만 그 뒤를 따라오는 수많은, 현실적인 의무들이 마음에 걸렸다.

'이러면 안 되는데.'

의무나 책임을 질 생각도 없는데, 요즘, 오랜 친구였던 알렉산더가 계속 남자로 보였다.

'그래서 짜증이 나.'

오늘 보는데 어깨는 왜 그렇게 넓고, 콧대는 왜 그렇게 높던지. 눈과 입술은 왜 그런 것처럼 잘생겼던지.

'너무 짜증이 나.'

아무래도 너무너무 괜찮은 사람인 것 같다. 그걸 이전에는 왜 몰랐을까?

"……."

알았더라면 자신에게도 혹시 일말의 가능성이 있었을까?

"미치겠다."

마르셀은 친구가 좋은 길로 가는 와중에, 그 등을 바라보는 심정이 너무나 복잡했다.

"나 왜 이러니."

할 수만 있다면 망쳐 버리고 싶을 정도로.

'내가 이렇게 나쁜 사람이었나.'

마르셀은 결국 책을 덮고 침대에 누웠다.

그때는 몰랐다. 기나긴 가슴앓이의 시작이었음을.

째깍째깍, 시간은 흘러갔다.

'잠.'

잠이 오질 않았다. 애써 눈을 감아 보려 했으나 들리는 것은, 또 머릿속에 폴라로이드 사진처럼 서서히 떠오르는 것은 알렉산더였다.

'잠자고 싶어.'

물론 잠을 자도 불쑥불쑥 알렉산더가 나타났으니, 신경이 예민해질 수밖에 없었다.

'나는 얼마나 대단한 인기인과 친구였던 것일까?'

깨닫고 보니 알렉산더는 온 곳에 있었다. 버스 정류장 가판대에 꽂힌 경제지에, 미용실에 들러 자리에 앉았을 때 미용사가 건네준 여성잡지에.

'이거 뭐 몰래카메라야?'

포털 사이트 메인에는 「바스커빌가의 신데렐라는 누가 될 것인가?」라는 제목의 기사가 떠 있었다. 온 세상이 알렉산더의 짝에 관심을 가졌다.

'왜 이렇게 내 눈에 많이 보이는 거냐고. 누가 뭐라도 꾸미는 거 아닌가?'

하지만 단순히 마르셀이 알렉산더를 처음으로 의식했을 뿐이었다.

"너만 한 사람이면 바랄 게 없을 텐데……."

사람이 놀랄 말을 툭툭 던지지만, 누군가 '너희 사귀어?' 하고 물어보면 알렉산더는 무척 단호하게 부정하는 편이었다.

"우린 친구야."

어째서 그런 걸 묻느냐는 듯이.

그래서 편했다. 우정이라고 생각했다. 지금도 사랑이 맞는지 긴가민가하다.

사랑. 남이 하면 좋지만, 내가 한다고 생각하니 몸살이 나는 것만 같다고 마르셀은 느꼈다.

'그런데 이 마음은 뭘까?'

그녀는 사랑의 열병이 지독하단 걸 몰랐다. 한밤중 식은땀을 흘리며 일어나 방 벽을 할퀼 정도로 사람을 쥐어짠다는 것을.

'뭔데 사람을 이렇게 흔드는데?'

일단 다가오면 거부할 수 없다는 것을.

'왜 지금까지 잘 지냈던 내 인생을 바꾸고, 친구였던 사람을 달리 보이게 하는데?'

인생을 송두리째 바꿔 놓는다는 것을.

'걔는 날 지금 나와 같은 감정으론 사랑하지 않는데.'

하고 싶다고 할 수 있는 것도 아니지만, 하지 않고 싶다고 해서 하지 않을 수도 없다는 것을.

'바지 사이즈가 왜 이렇게 됐지?'

잠을 잘 자지 못하니 얼굴과 머릿결과 꼬리의 털결은 점점 더 푸석푸석해지고, 체중까지 줄었다.

'논문 때문인가?'

논문 심사가 코앞이니 그런지도 모르지. 머리는 부정했지만, 꿈속에선 모든 욕망이 뒤범벅되어 나왔다.

'미쳤나 봐.'

처음엔 순정 만화 같던 것이, 성인 영화 직전까지의 수위로 올랐다. 그것도 모자라서…… 이젠 마치 아침 드라마의 한 장면 같았다.

하지만 꿈속에서도 알렉산더는 알렉산더였다.

—결혼…… 그거 꼭 해야 해?

—뭐?

마르셀이 알던…… 알렉산더.

—결혼하지 마. 적어도 이렇게는.

—왜?

마르셀이 이렇게 의미심장한 말을 해도, 꿈속의 알렉산더는 속 터지는 웃음을 지었다.

—진짜 너 팔려 가는 것 같다고. 좋아해서 결혼하는 것도 아니고…… 평생 함께해야 하는 사람인데. 그러면 안 되는 거잖아.

꿈속의 알렉산더는 현실의 알렉산더가 할 만한 말만 했다.

—괜찮아. 살다 보면 정이 들 거야, 사랑도 하게 될 테고. 그럴 수 있어. 왜 그

럴 수 없다고 생각해?

—······.

—처음부터 좋아할 수는 없어도, 시간이 애정을 만들어 줄 거야.

알렉산더에 비해 말주변이 좋지 못한 마르셀은 꿈속에서 그저 눈물만 흘렸다.

—내 걱정은 하지 마.

알렉산더는 다정히 그녀의 눈물 젖은 뺨을 쓰다듬어 주었다.

—마리, 정말 다정하구나.

이런 말을 들으려고 결혼하지 말라고 한 것이 아니었다. 마르셀은 속이 터졌다.

'그게 아니야!'

결국은 외칠 수밖에 없었다.

—그게 아니라 내가, 내가 널 사랑한단 말이야!

꿈인데, 제 꿈이라고 해서 마음대로 되는 것도 아니었다. 알렉산더의 놀라는 표정과 함께 마르셀은 꿈에서 깨어났다.

"······."

뭔가 축축해서 얼굴을 더듬어 보니, 눈꺼풀이 젖어 있었다.

'뭔데?'

자신도 모르게 눈물을 흘리고 있었다. 일어나지도 않은 일 때문에.

'대체 이게 무슨 날벼락인데?'

일어나지 않은 일을 상상하며 식은땀을 흘리고, 가슴이 할퀴어지기도 하고, 울기도 한다.

'이게 무엇이겠어?'

마르셀은 가슴앓이 중에 깨달았다.

'……나 걔 사랑하는구나?'

'그래서?'

마르셀은 생각했다.

'그래, 내가 걜 사랑한다 치자. 그걸 지금에야 깨달았다 치자.'

주마등처럼, 혹은 추리소설에 독자 모르게 깔려 있던 복선처럼, 많은 일들이 잠에서 깨어난 마르셀의 머릿속을 할퀴며 지나갔다.

'그래서?'

그래서 뭘 어쩌잔 말인가?

모든 게 이미 늦었단 생각이 들었던 것이다.

'알렉은 날 좋아하지 무척. 가장 좋아할지도 몰라. 하지만 그게 사랑은 아닐 거야.'

기억은 곧 한 시절에 머물렀다. 누군가의 결혼식 후 알렉산더가 초대장을 보내 주었을 때, 차 안에 앉아 소리 질렀던 그 순간에 말이다.

"나는 너랑 잘해 볼 생각 없어! 결혼할 생각 없다고!"

알렉산더의 놀란 눈까지도, 어쩌면 이렇게 생생한지 몰랐다.

"하하하하하!"

그 애의 웃음이 선명하게 떠올랐다.

'그때 난 왜 미래를 몰랐을까?'

마르셀은 한숨을 토해 냈다. 이렇게 너무나 뒤늦은 마음을 깨달은 중에 알렉산더의 결혼식을 지켜봐야 하는 것일까?

이윽고 그 한숨은, 울음. 하울링이 되었다.

"아우우우우—!"

어쩌면 좋지? 알렉산더는 분명 초대장을 보낼 텐데. 분명히 자기 결혼식에서 가장 좋은 자리를 마련해 줄 텐데.

짝사랑을 하고 나니 보이지 않던 것들이 너무 많이 눈에 들어왔다. 예를 들어 사랑을 이룬다는 게 얼마나 대단한지 말이다.

'내가 누군가를 사랑하는데, 그 사람도 나를 사랑한다니⋯⋯.'

말도 되지 않는 확률 같다. 마르셀은 온종일 알렉산더에게 사로잡혔다.

"⋯⋯."

대학원 진학이 코앞인데, 처음으로 공부가 문제가 아니게 되었다. 한 번 고통이 찾아오면 손쓸 도리가 없다.

'정말 결혼한다고?'

눈물이 막 쏟아지는 때도 있었다.

'내가 이렇게 예민한 사람이었나?'

첫사랑이 짝사랑이라니.

이제 왜 어금니 안쪽에서 웃자라는 이를 사랑니라 부르는지 알겠다. 사랑은 마치 치통 같은 통증이었다.

'그럼 나는 어쩌면 좋지?'

마르셀이 그러거나 말거나 알렉산더의 선은 착착 진행되는 듯이 보였다.

"……의 영애께서는…….."

"……."

"내 말 듣고 있어?"

마르셀은 번뜩 정신을 차렸다. 오랜만에 알렉산더와 함께하는 저녁 식사자리였다.

"듣고 있지."

마르셀은 의식하지 않으려고 노력하면서도, 오늘 제일 좋은 옷을 차려입고왔다. 물론 알렉산더는 보자마자 눈치채 주었다.

"오늘 나 만나려고 이렇게 예쁘게 하고 온 거야? 정말 예쁘다. 원피스 잘 어울려."

그렇게 말해 주었다. 하지만 그뿐이었다. 대화는 더 이상 전과 같지 않았다. 전에는 우주에 대해서도 말할 수 있었다.

"……마리, 어디 아파?"

무엇이든 말하고 들을 수 있었는데. 요즘 두 사람의 대화는 알렉산더의 맞선이야기뿐이다. 이 사람은 이래서 좋다, 이 사람은 이래서 괜찮다, 하는.

'나는 그러고 싶어서 널 만난 게 아니란 말이야.'

우스운 일이지. 오늘 입고 오기 위해서 생전 사지 않던 치렁치렁한 옷을 샀다. 갑자기 눈시울이 시큰해지며 뜨거워졌다.

"미안해……. 너 지금 정말 안 좋구나."

알렉산더가 다가왔다. 그가 제 이마를 짚는데 마르셀은 울컥 짜증이 치밀었다.

"열은 없는데 왜 이러지?"

다정하지나 말지.

"집에 데려다줄게."

알렉산더가 말했다.

'헤어지자고?'

식사를 다 하지도 못했는데. 아직 충분히 오래 있지도 못했는데.

마르셸은 억울하고, 눈물이 멈추지 않는 자신한테도 짜증이 났다.

마르셸은 예쁘게 입고 꾸민 보람도 없이 조수석에 밀어 넣어졌다.

"나 안 아파."

건네받은 손수건으로 한참 눈가를 꾹꾹 짜내다 그녀가 말했다.

"알아."

운전석에서 핸들을 쥐고 있던 알렉산더가 대답했다. 순간 심장이 덜컥 떨어
졌는데, 다음에 나온 건 참으로 알렉산더다운 소리였다.

"공부가 잘 안 풀려? 난 잘 모르지만 감히 말하자면…… 괜찮을 거야. 지금은
꽉 막힌 듯 보여도 넌 반드시 길을 찾아낼 테니까."

대체 뭘 안다는 건지. 알렉산더의 마음을 잘 안다고 생각했는데, 이제는 암
호학보다 더 어려워졌다.

"……드라이브 더 하고 싶어."

마르셸이 한 말은 그것뿐이었다. 그게 이 상황에서 쥐어 짜낼 수 있는 최대
한의 용기였다.

"그래, 그러자."

차는 그녀의 집을 스쳐 지나가 이윽고 교외로 빠져나갔다.

"음악 좀 틀게, 괜찮지?"

부드러운 음악이 차 안을 채웠다. 착각이겠지만, 차 안에 이상한 공기가 가
득 찼다. 숨을 쉬기 어려울 정도로 밀도 있는 공기였다.

"……"

알렉산더는 한참 동안 아무 말이 없었다. 수없이 이 차를 탔는데, 마르셀은 지금 심장이 쿵쾅쿵쾅 뛰었다.

여전히 남녀 사이엔 우정이 존재한다고 믿는다.

'이제…… 우리 둘 사이에서 사라졌을 뿐이지.'

고개를 숙이는데 기어를 가볍게 쥔 알렉산더의 손이 눈에 들어왔다. 아직 두 사람이 친구라고 믿는다면, 장난스럽게 쥘 수도 있는 손이었다.

'……아.'

알렉산더의 단정한 옆얼굴은 자신이 손을 쥔다고 해도 그리 놀라지도 않을 것이다. 쥔다면, 고개를 옆으로 돌려 웃어주겠지.

—마리.

손을 꼭 잡아 주기도 할 것이다.

마르셀은 다시 울컥할 것 같아 손수건에 얼굴을 묻었다.

"……."

알렉산더의 냄새가 났다. 옅은 향수의 향과 그에게서만 나는…… 향기가.

'지금…….'

자신은 너무 오래전에 기회를, 알렉산더의 마음으로 향하는 초대장을 잃어버린 것일까?

'지금 고백해 볼까?'

아니면, 그건 애초부터 주어지지 않았을까? 마르셀이 이상한 충동에 휩싸였을 때였다. 알렉산더가 그녀를 불렀다.

"마리, 막다른 길에 다다른 것 같아."

마르셀은 손수건에 묻었던 얼굴을 들었다. 차는 뻥 뚫린 도로를 달리고 있었고, 그는 정면을 바라보고 있었다.

"뭐?"

도로에 대한 이야기는 아니었다. 알렉산더가 말했다.

"내가 지금 하는 일, 조건만 보고 누군가를 만나 사랑하기 위해 노력하는 일 말이야. 그런 거 너무 이상하다는 기분이 들어."

"……."

"나 제대로 살고 있는 게 맞을까?"

지금까지 드러내지 않았던, 알렉산더의 속마음이었다.

'그게 무슨 소리인데?'

마르셀은 생각했다.

"물론 이 삶이 나쁘다는 건 아니야. 하지만 넌 날 알잖아. 부모님은 안 계신 것이나 마찬가지였고, 내겐 동생들이 남았지. 지켜야 할 회사와."

세상 끝까지 닿을 수 있을 것같이 긴 도로 위에서 알렉산더가 말했다.

"네가 없었더라면 난 외로워서 죽어 버렸을 거야."

'왜 그런 말을 하는데?'

물론 그때 알렉산더가 없었더라면, 마르셀의 삶도 그리 다르지 않았을 것이다. 하지만 이 의미심장함에 마르셀은 지금 꼭 죽을 것 같았다.

"네가 무척 소중해. 평생을 같이해야 할 사람은 너 같은 사람이어야 하는 게 아닐까."

"……."

"모르겠어. 다들 완벽하고 나한텐 과분한 분들이고, 결혼하면 물론 회사에 도움도 되실 분들이고."

옆자리에 앉은 마르셀은 단 한 마디도 할 수 없었다.

"그런데 이 허전한 마음은 뭘까? 내 인생이 내가 지켜야 할 것들에 바쳐진 기분이 들어. 좋아. 물론 좋지만……."

"……."

"내가 작고 힘이 없어지면, 누가 날 지켜 줄까?"

그 말을 듣는데, 마르셀은 다시 눈물이 터질 것 같았다. 물론 오늘 예쁜 옷을 입고 나왔지만, 마음을 정리하려고 했다.

'난 안 될 거야. 사실 늦지 않은 때 내 마음을 알게 되었어도, 우린 안 되었을 거야.'

아무리 생각해도 너무 늦은 것 같았고, 솔직히 자신도 없었다.

"평생 함께할 사람을 고르는 거니까. 마리, 누구나 이런 시행착오를 겪는 걸까?"

알렉산더의 목소리가 계속해서 들려온다.

"그게 아니라면, 나는 대체 누굴 찾고 있는 것일까?"

그 목소리를 들으면서도 마르셀은 자신이 없었다.

'그건 내가 아닐 거야.'

알렉산더에게 도움이 되고, 그를 행복하게 해 줄 자신이 말이다.

'왜냐하면 난 사랑 때문에 모든 걸 포기할 수 없는 사람이니까.'

석사 과정까지야 모르겠으나, 박사 과정을 밟으면 유학을 가게 될지도 모르겠다. 그렇게 되면 인생의 긴 시간을 학문에 바치게 될 수도 있겠지.

'사랑을 하기 싫어.'

누구한테 내조를 해 주기는커녕 오히려 필요한 사람이다.

그걸 미래의 상대방에게 이해해 달라거나 부탁하는 것은 말도 안 되는 일이라 생각해 왔다.

'그건 날 바꿔 놓을 테니까. 그러니까 나는 혼자여야 한다고, 덫에 걸리는 일 없이 홀로 가야 한다고 생각했어.'

그런데 알렉산더는 제게 왜 이런 말을 하는가?

"그때가 되어도 내 곁에 있어 줄 거지?"

그런 건 특별한 사람이어야 하는 거잖아.

'나한테 아무 감정 없으면서 왜 이런 말을 하니.'

대체 왜 자신을 흔드는가? 알렉산더의 담담한 물음에 마르셀은 이제 죽을 것 같았다. 오랜 시간을 들여 빙빙 돌아온 길, 그녀는 긴 생각에 잠겨 있었다.

"다 왔다. 늦지 않았나 모르겠네."

차가 익숙한 풍경 앞에서 멈춰 섰다. 마르셀 본인의 집이었다.

"……."

차에서 내리니 모든 게 낯설게 느껴졌다. 따라 내린 알렉산더가 한 손을 가볍게 흔들며 배웅해 주었다.

"오늘 너무 내 얘기만 했네. 또 보자."

마르셀은 어둠에 잠긴 집을 바라보았다. 20년도 넘게 살고 있는 집인데, 어째서 이렇게 처음 본 것 같은지 몰랐다.

"……."

마르셀은 자신조차 낯설게 느껴졌다. 그녀의 눈에 다시 차에 타려는 알렉산더가 보였다. 그도 낯설었다.

'이렇게…… 아름다운 사람이었던가?'

흰색 스웨터 차림의 알렉산더는 무척이나 눈부셨다. 스스로 발광하는 듯 희게 빛나고 있었다. 마르셀은 고개를 들었다.

"……."

하늘에는 보름달이 떠 있었다. 무척이나 환한 달이었지만, 지금 마르셀의 눈엔 알렉산더가 더 빛나 보였다.

"알렉."

마르셀은 눈을 비비는 대신 그의 이름을 불렀다.

"알렉. 가지 마."

나중 이 순간을 무척이나 후회하리란 사실을 알고 있었다.

"가지 마, 제발."

부끄러워하고, 잊고 싶어 할 것이다. 그러나 말하지 않고서는 견딜 수 없었다.

"할 이야기가 있어."

실은 허기졌으리라. 날카로운 칼날이 혀를 상처 낸다는 사실을 알면서도 묻은 것을 핥을 수밖에 없는 늑대처럼, 마르셀은 말했다.

"가지 말고 잠깐만 내 말 좀 들어 봐."

술 한 방울 먹지 않고 만취한 사람처럼 굴고 있었다.

"그렇게 걱정되면 결혼하지 말아."

그 말에 차 문을 열었던 알렉산더가 그대로 멈춰 섰다.

"마르셀?"

친구의 걱정 어린 조언인 줄로만 알던 그의 얼굴은 그녀의 얼굴을 보고 서서히 굳어 들었다.

"……."

알렉산더도 지금 이 순간이 어떤 순간인지 예감했으리라.

"알렉. 선보는 거 그만둬."

알렉산더의 얼굴이, 귀가, 꼬리가 뻣뻣하게 굳는 것이 느껴졌다.

"내가 옆에 있어 줄게."

마르셀은 자신을 제어할 수 없음을 느꼈다.

"나도 내가 네가 찾던 사람이 아니란 걸 알아."

어째서 이렇게 조리 있게 말이 술술 나오는지 알 수가 없다. 마르셀은 지금 이 흐름에 몸을 맡겼다.

"그래도 같이 있어 줄게. 네가 작고 힘이 없어지면 내가 지켜 줄게. 그런데 그건 동정이나 우정 때문이 아니라……."

사실은 이 흐름에 몸을 맡기지 않을 도리가 없었다는 말이 더 정확하겠지만 말이다.

"네가…… 사랑스러워."

"······."

"널 사랑하게 된 것 같아."

순간 확, 하고 빛이 쏟아졌다. 눈살을 찌푸려야 할 정도로. 말을 하는 동안 잠깐 구름에 가려졌던 달이 다시 모습을 드러낸 것이다.

"······."

마르셀은 흠칫 놀라 알렉산더를 바라보았다. 그가 입을 벌리고 있었다. 말 한마디 뱉지 못하고.

'헉.'

마법은 끝이 났고, 마르셀은 정신을 차렸다.

'저질렀다.'

벌컥 문을 열고 나갔던 이성이 다시 돌아왔다. 마르셀은 입을 딱 닫았다.

"······."

지금까지 둘 사이엔 암묵적인 룰이 있었다.

서로를 이성으로 대하지 않기.

그걸 달빛에 취해 함부로 깨 버린 것이다.

'어······.'

자신이 아는 알렉산더라면, 당황하면서도 '고맙다. 하지만 나의 마음은 그렇지 않다.' 하고 다독여 줄 것이라 생각했다.

"······."

하지만 이 상황은 그래 보이지 않았다.

"······."

끔찍할 정도로 긴 침묵이 흘렀다. 아, 마르셀은 자신이 일생일대의 기로에 놓였다는 걸 느꼈고······.

휙.

이 기로에서 도망치기를 택했다.

'일단 이 상황에서 벗어나자!'

본능적으로 한 행동이었다. 나중 이 일을 돌이켜보자면, 뻔뻔하기 그지없었다.

'대체 왜 그랬을까?'

고백하고 도망이라니. 알렉산더가 화를 내지 않은 게 용하다.

'미쳤어!'

하지만 그런 걸 챙길 정신이 있었다면 고백했겠는가?

'너 진짜 미쳤어!'

저녁 식사 자리에서 와인 한 잔 마시지 않았으니, 술 핑계를 댈 수도 없었다.

'다짜고짜 사랑이라고—?'

'사랑'이란 단어를 함부로 꺼냈으니, 우정이니 하는 핑계를 댈 수도 없었다.

'내가 대체 왜 그런 거지?'

쥐구멍이라도 있다면 숨고 싶었다. 마르셸은 이 악물고 달렸다. 그런데 감상에 젖을 새도 없이 뒤에서 소리가 들렸다.

다다다다다—!

마르셸은 뒤를 돌아보았다가 깜짝 놀랐다. 멍한 얼굴 그대로 그 자리에 서 있어야 할 알렉산더가 쫓아오고 있었다.

"따라오지 마!"

마르셸이 비명을 질렀다.

"어떻게 그러는데!"

알렉산더가 말했다.

그리고 마르셸이 뭐라고 더 말할 새도 없이 그녀를 끌어안았고, 관성의 법칙으로 인해 둘은 바닥에 고꾸라졌다.

"악!"

아주 다행히 집 주변의 산책로 근방은 다 숲이었다. 봄날 솟아오른 보드라운 풀들과 흙이 그들을 받아 주었다.

우당탕!

유혈사태는 피할 수 없었지만 말이다.

마르셀을 끌어안은 알렉산더가 쓰러지기 직전 몸을 돌려 바닥에 뒹굴었다. 그녀의 체중까지 싣고 말이다.

"괜찮아?"

마르셀이 비명을 질렀다.

"다시 말해 봐."

등이 다 쓸렸을 것이다. 하지만 알렉산더는 그게 문제가 아니라는 듯한 얼굴이었다.

"다시 한 번만 말해 봐. 날 사랑한다고."

끌어안긴 마르셀은 침묵했다.

"이 순간만을 기다려 왔어. 한 번만 더 말해 줘."

지금까지 단 한 번도 본 적 없던 알렉산더의 표정을 바라보면서.

"……?"

알렉산더 바스커빌은, 지금 웃고 있었다. 모든 걸 이루었다는 듯이. 마치 세상을 다 가졌다는 듯이.

마르셀은 어리둥절했다. 알렉산더의 머리 위로 휘황찬란한 달빛이 비치고 있었다.

"마리, 응?"

"___."

머리가 멈췄다. 아마 생각의 한계를 넘어선 일이었는가 보다.

"말해 봐. 같이 있어 준다고, 지켜 준다고, 날 사랑한다고."

현실이라기엔 너무도 말이 되지 않고, 사실 이다음에 어떻게 해야 할지 모르겠다. 충동적으로 저지른 일이었다.

"……."

입을 벌렸지만 아무런 말도 빠져나오지 않았다. 머리 위에서 알렉산더는 웃고 있었다.

'이게 무슨 상황이지?'

강렬한 풀냄새가 났다. 둘의 몸이 봄의 새싹들을 뭉개 놓아 나는 향기였다.

"나 좀 일으켜 줘."

그리고 알렉산더가 자신을 꼭 끌어안고 있어서인지, 그의 향수 냄새도 훅 끼쳤다. 의식한 순간 꼬리가 쭈뼛 섰다. 그러자 그가 웃었다.

"아까 한 말 다시 해 주면 일어나게 해 줄게."

마르셀은 두 눈을 깜박거렸다. 무슨 말을 했는지 이제 와 생각도 나지 않았다.

'이게 무슨 소리야?'

하지만 알렉산더는 똑똑히 기억하는 듯했다.

"다시 안 해 주면, 놓아주지 않을 거야."

그가 꼭 끌어안아 점점 숨이 막혀 왔다. 말하지 않으면 계속 이러고 있을 모양이다.

"나……."

제정신으로 말하려니 쉽지 않았다. 마르셀은 저도 모르게 두 귀를 추욱 늘어뜨렸다. 너무 떨렸다.

"나 너 좋아해."

말한 순간 화악, 하고 얼굴에 피가 몰렸다. 알렉산더가 놓아주자마자 마르셀은 두 손으로 얼굴을 가렸다.

"……."

그의 배 위에서 말이다. 눈앞은 캄캄한데, 알렉산더의 청명한 웃음소리가 들렸다.

"차 한잔 마시러 가자. 아니다. 술 한잔 어때? 밤이 늦었으니 술이 더 낫겠지?"

어째서 자신처럼 당황하지도 않고 또 기뻐하는지, 아무것도 이해하지 못한 채로 앉아 보니 집 근처 술집이었다.

"……"

마르셀은 정신이 없었는데, 알렉산더는 상대적으로 차분해 보였다.

"이게 무슨 상황인 줄 알아?"

마르셀이 물었다.

"나한테 선보지 말라며, 같이 있어 주겠다며, 나 좋아한다며."

알렉산더가 말했다.

그때 맥주가 나왔다. 마르셀은 얼이 나간 얼굴로 한참 그를 바라보다 고개를 숙이며 중얼거렸다.

'얜 방금 전에 내가 한 말이 무슨 뜻인 줄이나 알까?'

아마 이다음부터 자신은 겁쟁이로 살 것이다. 이번 생에 쓸 용기는 방금 전 다 끌어냈으니까.

'어떻게 이 말을 듣고도 제정신일까?'

지금도 가슴이 쿵쾅거렸다. 정신이 있다 없다 했다.

"넌 이 일이 놀랍지도 않아?"

"마르셀. 물론 놀랍지. 날 봐 봐."

마르셀은 고개를 들었다.

"넌 내가 얼마나 놀랐는지 상상도 하지 못할 거야. 그리고…… 이 순간을 얼마나 기다렸는지도."

알렉산더는 그녀가 처음 보는 표정으로 지그시 마르셀을 바라보았다.

"나도 같은 마음이야, 널 좋아하고 있었어."

"……"

마르셀은 조용히 손을 들어 뺨을 꼬집어 보았다.

"꿈 아니야."

알렉산더의 말대로 꽤 아팠다.

"언제부터?"

마르셀은 점차 현실로 가라앉았다. 그러자 동시에 수많은 의문들이 떠올랐다.

"이게 무슨 소리야? 난 몰랐어, 너 나 언제부터 좋아한 건데?"

아까부터 뭐가 그리 즐거운지, 알렉산더는 또다시 참을 수 없다는 얼굴로 웃었다.

맥주에 이어 주문한 안주가 나왔다.

"……뭐가 그렇게 웃긴데? 넌 지금 이 일이 웃겨?"

무척 맛있어 보였지만, 식욕이 있을 리가 없다. 알렉산더도 마찬가지인 듯했다.

"어떻게 웃지 않을 수가 있겠어, 나 정말 죽는 줄 알았어."

그가 맥주를 들이켰다. 그리고 이해할 수 없다는 표정을 짓고 있는 마르셀을 바라보며 긴 한숨을 내쉬었다.

"이대로 꼼짝없이 다른 사람과 결혼해야 하나 하고……."

"……."

"당연히 한 번엔 이해하기 힘들 텐데, 우선 먹으면서 이야기하자. 있잖아. 나 널 쭉, 오래전부터 쭉 좋아해 왔어."

알렉산더의 말이 사실이라면, 이해가 가지 않는 지점이 너무 많았다.

"너 그럼 선은 왜 봤어?"

"아무리 기다려도 네가 날 남자로 봐 주지 않으니까."

그 말에 마르셀의 입이 벌어졌다.

"아니, 말을……."

가슴앓이를 그렇게나 했는데. 무척 억울한 일이었다.

"……말을 하지 그랬어?"

그 말에 알렉산더는 또다시 웃었는데, 점차 정신이 돌아오자 마르셀은 그의 등짝을 때려 주고 싶었다.

"좋아하는 사람이 있는데 어떻게 다른 사람과 결혼하려 그래? 말이라도 해보지, 제정신이니?"

그럼 지금까지 했던 고민은 다 뭔가? 열이 받고 목이 탔다. 마르셸은 맥주를 단번에 들이켰다.

"너 나 대체 언제부터 좋아했는데?"

알렉산더는 팔짱을 끼고 미소 지었다.

"널 처음 만난 그 순간부터."

말만 떼어 놓고 보자면, 로맨틱해도 그렇게 로맨틱할 수 없었다. 마르셸은 비명을 질렀다.

"야!"

술집에 있던 모두가 두 사람을 바라보았다.

"그게 말이 돼?"

시선을 깨달은 마르셸이 알렉산더에게 고개를 가까이 댔다. 그리고 이를 악물고 속삭였다.

"왜 말이 안 되는데?"

기억나는 건 말쑥하게 차려입은 부잣집 도련님 같던 소년이다.

'얘 우리 첫 만남을 잘못 기억하는 게 아닐까?'

"……."

마르셸이 채 말을 잇지 못하자, 알렉산더는 손을 뻗어 그녀의 머리칼을 쓸어 넘겼다.

"그때 너는 어렸지. 기억나?"

그녀가 무슨 생각을 하고 있는지, 손바닥 위의 일처럼 훤하단 투였다.

"사랑에 대해 아무것도 몰랐잖아. 처음 우리 집에 초대했을 때, 네가 무슨 말을 했는지 기억나?"

"……."

"나는 기억나. 그래서 널 오랫동안 기다렸어."

그 말이 맞다. 마르셀은 할 말이 없었다.

"……."

"널 좋아해."

마르셀은 알렉산더의 마음을 짐작하기도 힘들었다.

"내가 널 얼마나 사랑하는지, 넌 상상도 못할 거야."

마르셀은 코피를 흘릴 것만 같았다.

"……그럼."

마르셀은 더듬거렸다.

"그럼 이제 우리 어떻게 하지?"

고백은, 당연히 받아들여지지 않을 줄 알았다. 뒷일을 생각하지 않고 저지른 일이다. 그런데 막상, 이렇게 되고 나니…….

"우리 어떻게 되는 건데?"

두려움이 몰려왔다.

"어떻게 하고 싶은데? 난 일단 선보는 거 다 그만둘 거야. 앞으론 너만 바라볼 거고. 나한테 말했잖아. 평생 같이 있자고."

"……."

"지켜 주겠다고. 나도 그럴 생각인데, 넌 어때?"

알렉산더가 물었다.

"……나, 난…….."

마르셀은 자기도 무슨 말을 하는지 몰랐다.

"솔직히…… 난 자신 없어."

방금 전 사랑한다고 고백한 건 자신이면서 말이다. 그런데 막상 이 애와 사귄다고 생각하니 숨이 턱 막혔다.

"뭐가?"

하지만 알렉산더는 그리 놀란 눈치도 아니었다.

"다, 알잖아. 연애고 결혼이고 다, 나는 그런 게 너무 무서워."

"그래서, 뭐가 그렇게 무서운데?"

"나는…… 공부도 오래 해야 하는 사람이고."

"알지, 내가 내조할게."

그는 마치 '내일 밥이나 먹을까?'와 같은 무게로 말했다.

"뭐?"

마르셀은 흠칫해서 중얼거렸다.

"아이 낳는 건 더 무서워."

"우리 아직 사귀지도 않는데, 아이 얘기 해야 해? 근데 네가 무서우면 낳지 말자."

"……."

"알잖아. 남동생이 두 명이나 있는 거. 적어도 한 명은 제 구실을 하겠지."

마르셀은 더 할 말이 없어 눈을 굴렸다. 알렉산더가 테이블에 올려놓은 마르셀의 손을 쥐었다.

"누가 곧바로 결혼하재? 연애하자."

"……."

"연애부터 하자, 무서우면. 마리, 우리 지금 선보는 거 아니야. 연애하려는 거야."

마르셀의 머리가 또 멈췄다.

'이렇게 연애를 시작한다고? 게다가 상대가 너라고?'

이미 포화 상태였다. 마르셀은 무드 없는 말을 주절주절 내뱉었다.

"너, 내조한다고 하는데 그거 생각보다 쉽지 않아. 나 공부하려면 한참 남았고, 또 유학 갈지도 모르고……."

나중에 생각해 보니 고백한 건 자신인데 갈팡질팡했다.

"나 잘 기다려. 그리고 아주 못 보는 곳도 아닐 텐데, 내가 보러 가면 되지. 전용기 타고. 우리 그룹, 항공사도 운영하는 거 알지?"

알렉산더는 그런데도 화 한 번 내지 않고 마르셀을 어르고 달랬다.

"너 돈 자랑하는 거 싫어."

"그래, 그래. 미안해. 그래서, 또 뭐가 걱정되는데?"

그가 다정하게, 그러나 쥔 손을 놓아주지 않고 물었다.

"말해 봐, 내가 다 해결해 줄게."

"네가 마음이 변할까 봐 무서워."

대체 이렇게 잘난 애가 왜 저를 좋아한다고 하는지 모르겠다.

"그건 나도 무서운데, 마리."

알렉산더가 미간을 찌푸렸다.

"난 변하지 않을 거야. 믿어도 좋아. 아까는 같이 살자 했으면서, 막상 내가 고백을 받아 줄 여지도 주지 않을 참이야?"

"……."

"고백인데? 네가 나 좋아한다고 한 건데?"

마르셀이 아랫입술을 깨물자 알렉산더가 말했다.

"네가 날 마음에 들어 하지 않는 것 같아서, 선을 본 거야. 미안해. 앞으로 절대 그런 일 없을 거야."

알렉산더의 목소리가 다정했다.

"겁내지 마. 우린 변하지 않을 거야. 나중 일은 그 일이 닥치면 생각하자."

"……."

"천천히 하자. 농어 카르파초를 잘 하는 가게가 있어. 내가 전에 말했지? 내일 거기서 식사하면서, 천천히, 데이트부터 하자."

마르셀은 마른 침을 꼴깍 삼켰다.

"산책하듯이, 괜찮지?"

그 말에 고개를 끄덕일 수밖에 없었다.

"마르셀을 늦게 보내 드려서 죄송합니다."

알렉산더는 여느 때와 똑같은 얼굴로 마르셀을 집으로 들여보내며 그녀의 부모님께 인사했다.

"……."

마르셀은 입을 다물고 침대로 가 누웠다. 오늘 일에 대한 어떤 생각도 들지 않았다.

'잠이나 자자.'

그러나 전혀 잠이 오지 않았다.

'데이트라고?'

한숨도 못 잔 채로 달이 지고 해가 떴다.

'우리가 만난 게 몇 년인데…… 데이트를 해?'

"잠 못 잤구나?"

다음 날, 만나자마자 알렉산더가 웃었다.

"눈이 퉁퉁 부었네."

'얘 나 좋아하는 거 맞나?'

어쩌면 이렇게 평온할 수 있는지…….

'설마……'

마르셀은 이 레스토랑의 시그니처 메뉴를 먹으면서도, 제대로 맛을 느끼지 못했다.

'얘 좋아한다는 것과 사랑한다는 걸 착각하고 있는 거 아냐?'

물론 그 의심은 금방 사그라들었다. 천천히 하자던 연애를 시속 150킬로미터로 달리듯, 한 달 만에 진도를 뺐으니 말이다.

"잠깐만!"

알렉산더가 자연스럽게 마르셀을 제 저택의 소파에 눕히고 어루만졌을 때, 그녀는 비명을 질렀다.

"야, 이 거짓말쟁이야!"

"싫어?"

그러자 알렉산더가 두 귀와 꼬리를 축 늘어뜨리며 물었다.

"싫으면 그만둘게, 싫어?"

꼬리는 진짜 반칙이다.

"……아니, 싫다는 게 아니라…….."

"아니면?"

더군다나 싫지 않았다는 게 문제라면 문제고, 아니라면 아니었을까? 한번 시작하니 도저히 알렉산더의 속도를 감당할 수가 없었다.

정식으로 약혼녀가 된 건 아니었지만, 자연스럽게 사귀게 되니 사람들 눈에 띄고 기사가 났다.

"이참에 약혼할까?"

알렉산더가 말했다.

"사람들이 거짓말하지 못하게, 응?"

"진지한 얼굴로 농담하지 마."

마르셀은 웃었으나 이내 입을 다물었다.

"왜 내가 하는 말이 농담이라고 생각해?"

알렉산더가 물었다.

"어차피 아주 오래 전부터, 온 세상 사람들은 네가 내 짝이라고 생각하고 있었어."

"……."

마르셀은 입을 다물고 그를 빤히 바라보았다. 그러고 보니 저를 처음 만났을
때부터 사랑한다 했었지.

'그땐 실감이 나지 않았는데.'

지금은 알 것 같다. 그 말이 진심이란 걸.

'얘는 대체 언제부터 나와 함께할 생각을 한 걸까?'

"혹시 그런 소문도 다 우리가 사귈 거 염두에 두고 일부러 낸 거야?"

마르셀이 물었다.

"설마, 그냥 행운이지."

알렉산더가 웃으며 말했다. 그의 말을 확인할 길이 없는 마르셀은 한숨을 내
쉬었다.

'아무래도 덫에 걸린 것 같다니까.'

그 안에 있으면 너무 안락한, 자신이 사랑하는 덫 말이다.

"가능한 한 빨리 돌아올게."

그런 식으로 얼렁뚱땅 연애하다 보니, 5년이 흘렀다. 마르셀은 지금까지 모
은 돈을 탈탈 털어서 산 다이아몬드 반지를 알렉산더의 손에 끼워 주었다.

"연구랑 조교 일 하면서 받은 돈 틈틈이 모은 거야. 물론 나 같은 가난뱅이가
산 거라 너한텐 별것 아니게 느껴지겠지만……."

반지 호수를 몰래 재려고 손가락을 얼마나 만지작거렸는지. 담백할 줄 알았
는데, 막상 반지를 끼워 주는 손이 덜덜 떨렸다.

"이게 내 최선이야."

"……."

알렉산더는 제 손에 끼워진 반지를 들여다보았다. 세계 제일의 부자인 그의 손가락엔 너무도 빈약해 보이는 반지였다.

"미안해. 그런데 이게 나야. 그러니까 기다려 줘. 부담스러운 부탁이겠지만……."

마르셀은 알렉산더의 아름다운 손등에 제 머리를 묻었다.

"부담스럽지 않아."

머리 위에서 그의 목소리가 들렸다.

"나는 변하지 않을 거야. 알지? 널 기다릴 거야. 종종 찾아갈 테고. 오히려 널 따라가 주지 못해서 미안한 마음뿐이야."

마르셀은 고개를 들었다.

늘 표정을 알 수 없던 알렉산더의 얼굴이 온갖 감정으로 범벅되어 무너져 있었다.

"널 사랑해."

그가 떨리는 목소리로 말했다.

"나도 널 사랑해."

마르셀은 이제야 물어볼 용기가 생겼다.

"넌 대체 내 어디가 그렇게 좋니?"

실은 처음 연애할 때부터 묻고 싶었던 질문이었다.

"모르겠어."

알렉산더가 그 말에 웃었다.

"난 네가 처음부터 좋았어. 그냥. 아무 이유 없이."

그리고 마르셀의 머리를 반지가 끼워진 손으로 감싸 쥐었다.

"너도 아무 이유 없이 나를 사랑해 줘."

알렉산더가 키스하기 직전 속삭였다.

"이유란 게 존재한다면 그건 분명 변할 테니, 이유 없이……."

마르셀은 천천히 눈을 감았다.

이윽고 다디단 키스가 이어졌다.

<마르셀 다이아 끝>

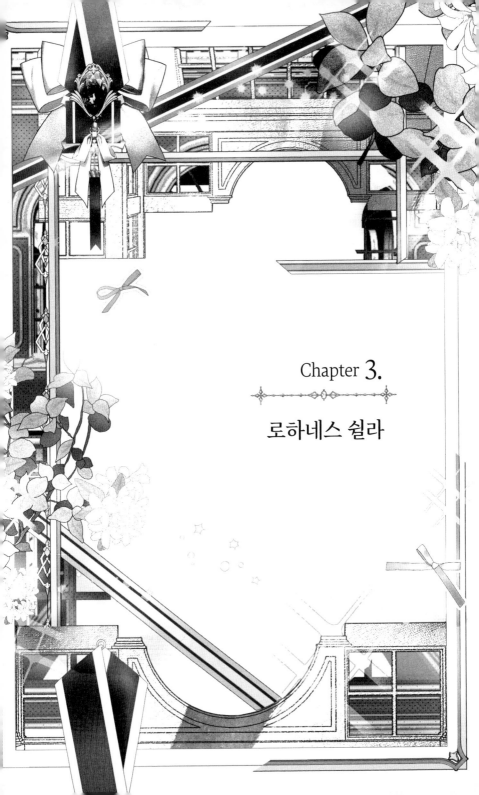

Chapter **3.**

로하네스 쉴라

늑대지만
해치지 않아요

항간엔 곰 특성인 사람들에 대한 편견이 꽤 사실처럼 퍼져 있다.

예를 들면 인간관계에 곰처럼 둔하다거나, 미련하다거나, 무식하게 힘만 세다거나 하는.

물론 다른 특성을 가진 사람들보다 힘이 센 건 맞지만, 일단 곰부터가 둔한 생물이 아니다. 단지 예민하게 보이지 않는 것이다.

'머리 아파.'

올해 일곱 살, 로하네스는 윤기 나는 백색의 머리칼과 같은 색의 반달 귀를 가진 꽤 희귀한 특성의 여자아이였다. 그리고 인간관계를 제대로 맺고 유지하는 일이 얼마나 어려운지, 이미 알고 있는 아이이기도 했다.

북극곰인 쉴라 가문의 외동딸인 로하네스에겐 벌써 원하지 않아도 친하게 지내야 하는 관계가 몇 있었다. 예를 들면 부모님과 관계된 사람들의 자식들이었다.

'에휴……. 사는 게 너무 어려워.'

어리다면 어린 나이인데 세상 살기가 쉽지 않은 건, 다 이 관계들 때문이었다. 그리고 그중 가장 큰 비중을 차지하는 건…… 바스커빌이었다.

바스커빌의 늑대.

로하네스에게 바스커빌이라고 하면 꽤 맛있는 초콜릿을 만드는 회사의 이름이 아니라, 재수 없는 회색 늑대 남자아이였다.

'너무 싫다.'

왜 친하게 지내고 싶지 않은 애와 친하게 지내야 하는가? 로하네스는 도무지 이해할 수가 없었다.

악연은 그들이 여섯 살 때로 거슬러 올라간다. 그러니까 유치원에 처음 입학할 무렵이었다.

"야!"

로하네스가 선생님의 지시에 따라 얌전히 줄을 서고 있는데, 누군가 엄마가 땋아 준 머리를 휙 잡아당겼다.

"아?"

뒤로 휘청일 만큼 고개가 꺾여 뒤를 돌아보니, 세모꼴 귀를 한 웬 남자아이가 보였다.

"……."

그 애의 손엔 자신의 머리칼이 쥐어져 있었다. 입가에 떠오른 미소를 보아하니 명백히 시비를 거는 것 같았다.

"뭐야?"

로하네스는 선생님의 말을 잘 듣는 얌전한 아이였지만, 그렇다고 시비를 건 상대한테까지 상냥하진 않았다. 애초에 겨우 여섯 살인 것이다.

"……."

"악!"

그리고 이 나이 즈음엔 남자아이나 여자아이나 힘은 거기서 거기였다. 아니, 오히려 특성으로 따지면 이 유치원에서 그녀를 이길 아이가 있었을까?

로하네스는 이 일에 대해 따져 묻는 대신, 시비를 건 아이의 멱살을 쥐고 앞발, 아니 손으로 뺨을 후려쳤다.

"이게!"

그렇게 유치원 선생님이 놀라 달려올 때까지 그 애를 때렸다.

'혼쭐이 나야 다시는 이런 짓을 안 하지.'

그게 해롤드 바스커빌과의 긴긴 악연의 시작이 될 줄은 전혀 모르고 말이다.

집에 돌아가니, 부모님이 놀란 얼굴로 그녀를 맞았다.

"로하네스……."

엄마가 그녀를 끌어안으며 창백한 얼굴로 묻고 나서야 로하네스는 알았다.

"오늘 대체 누구랑 싸웠니? 응? 누구를 때린 거니?"

오늘 저를 건드린 애를 부모님이 알고 있단 사실을 말이다.

"싸운 게 아니라, 걔가 먼저……."

"사과하자, 약한 애를 때리면 못 써요. 알았지?"

"하지만……."

"엄마를 위해서라도, 알았지? 바스커빌가 도련님한테 상처를 냈다면서."

그 말에 로하네스의 얼굴이 새빨개졌다.

다음 날, 로하네스는 억울한 마음을 꾹 참고 해롤드한테 가 사과했다.

"미안해……."

그러나 그 애는 사과를 받아 주지 않았다. 사과를 받아 주지 않는 게 뭐야, 그다음 괴롭힘이 시작되었다.

'참자.'

아주 오래오래. 로하네스가 일곱, 여덟, 아홉 살이 될 때까지 말이다.

'참아야 하느니.'

그녀는 자라면서 아주 자연스럽게 알게 되었다.

'저러다 끝나겠지.'

바스커빌이 얼마나 대단한 가문이고, 의학자를 여럿 배출한 저희 쉴라 가문에 얼마나 도움을 주고 있는지.

둘은 같은 초등학교에 입학했다. 그리고 이상하게도 계속해서 같은 반이 되었다.

'다음 해는 좀 다를 거야.'

로하네스는 그리 생각했지만, 상황은 바뀌기는커녕 해가 갈수록 점점 악화되기만 했다.

해롤드는 초등학교에 다니는 학생들 중 가장 부유한 집안의 도련님이었고, 같은 반 아이들을 자주 제 저택에 초대하곤 했다.

"……."

"왜 그런 눈으로 봐? 안 올 거야?"

차라리 무시하고 빼놓으면 참 좋으련만. 그 초대는 로하네스한테도 유효하여, 그녀는 자주 해롤드의 집에 방문하게 되었다. 그리고 해롤드는 아주 집요하게 로하네스만을 괴롭혔다.

'참자.'

눈에는 그리 띄지 않는 괴롭힘이었다. 예를 들면 부모님이 예쁘게 입혀 주신 옷자락을 일부러 밟아 더럽혀 놓거나, 발을 걸거나.

'참자.'

머리를 잡아당기거나, 다른 애들한텐 마음껏 가지고 놀게 해 주는 장난감을 제게만 허락하지 않는 식이었다.

'나라고 이런 데 오고 싶었는 줄 알아?'

어린 마음에도 유치하고 치졸해 보였으나, 로하네스로서는 참는 것 외엔 달리 방법이 없었다.

그런 괴롭힘을 피하려다 보니, 로하네스는 자주 바스커빌가의 저택에서 혼자가 되었다.

'네가 무서워서 피하는 줄 알아? 더러워서 피하는 거지!'

마음 같아서는 한 대 쥐어박고 싶었는데, 엄마의 얼굴을 생각하니 용기가 나지 않았다.

"아가, 넌 왜 여기 있니?"

혼자 뒷마당의 꽃밭에 웅크려 앉아 있는데, 머리 위에서 목소리가 들렸다.

"응?"

고개를 들어 보니 그의 형이었다.

"친구들과 안 노니? 해롤드는?"

해롤드의 형이 물었다. 로하네스는 무릎을 감싸 쥐고 가만히 있다 툭, 하고 내뱉었다.

"그 애는 나 안 좋아해요."

그 말에 그의 형은 잠시 놀란 표정을 짓다 이윽고 안쓰러운 얼굴로 말했다.

"음, 아이스크림 먹을래?"

그가 로하네스를 일으켰을 때였다. 등 뒤에서 날카로운 남자아이의 목소리가 들렸다.

"로하네스! 알렉산더!"

해롤드였다.

바스커빌 저택에서 돌아오고 나면 진이 다 빠졌다.

'날 그렇게 싫어할 일이야? 그럼 초대나 하지 말지.'

아니, 애초에 초대한다고 해도 가고 싶지 않았다. 부모님만 아니라면 말이다.

'난 걔가 싫어.'

부모님은 자주 집을 떠나 있었다. 하지만 로하네스는 부모님을 좋아했고, 바스커빌 가문은 부모님의 오랜 후원자였다.

'나도 해롤드와 친하게 지내야 하는 건 알지만, 걘 너무 재수 없어.'

부모님은 훌륭한 분들이었다. 어린 마음에도 로하네스는 부모님을 존경했다. 늘 전 세계를 떠도는 분들이라 가끔은 쓸쓸하긴 했지만 말이다.

'어쩔 수 없는 일이지.'

전 세계의 환자를 구하는 일이라니, 위인전에나 나올 이야기였다.

'부모님은 사람을 구하는 일을 하고 계시니까.'

로하네스는 아주 어릴 때부터 다른 사람들이 부모님을 칭찬하는 걸 듣고 자랐다.

특성과 종족 없는 의사회.

부모님이 하는 일은 특성이나 국경, 환경에 구애받지 않고 환자들을 구조하는 일이었다. 그러니까 부모님이 집에 자주, 오래 머무르지 않는 것은 당연한 일이다. 부모님은 환자가 있는 곳이라면 어디로든 가는 의사들이니까.

'어휴.'

그리고 그 의사들은 후원이 필요하지. 약이나 구호물자가 하늘에서 떨어지진 않는 것이다.

"식사는 하고 오셨어요?"

"네, 하고 왔어요."

저택에서 돌아온 로하네스는 아주머니의 말에 대충 대답하곤, 방에 틀어박혔다.

해롤드는 제 형을 좋아하는 건지, 아니면 이 저택에 있는 것 중 그 무엇도 자신에게 허락하지 않겠다는 건지. 그의 형이 저와 함께 있으면 득달같이 나타나 빼앗아 갔다.

'나도 싫어! 싫다고! 그냥 먼저 집에 가겠다니까?'

로하네스는 바스커빌가에서 눈칫밥을 꾸역꾸역 먹고 돌아왔다.

'거기서 괜찮은 사람은 걔네 큰형밖에 없어.'

바스커빌가에서 돌아오고 나면 로하네스는 자주 우울했다.

'아무리 좋아하려 해도 해롤드 바스커빌이 싫어.'

로하네스는 침대에 얼굴을 파묻고 입술을 삐죽거렸다.

해롤드의 은근한 괴롭힘은 학년이 더해 가면 더해 갈수록 심해지는 것만 같았다.

"……."

하지만 그 모든 행위에 로하네스는 웃기만 했다. 그래야 해롤드가 자신에게서 흥미를 잃을 것 같았기 때문이었다.

열한 살, 열두 살, 열세 살.

'흥미, 곧 잃겠지. 나 말고도 재미있는 일이 걔한테 얼마나 많겠어.'

하지만 해롤드가 로하네스한테 흥미를 잃는 일은 불행하게도 일어나지 않았다. 그러는 사이 둘은 열네 살이 되었고, 중학교에 입학했다.

'아, 제발.'

로하네스는 빌고 빌었지만, 해롤드는 여전히 같은 학교의 같은 반이었다. 우연이 이렇게 연속으로 일어날 수 있을까?

그리고 여전히 잊을 만하면 바스커빌가에서 초대장이 날아왔다.

"⋯⋯."

스트레스가 쌓여 갔다. 이제 로하네스는 해롤드를 붙잡고 엉엉 울며 묻고 싶은 심정이었다.

'너 대체 왜 그러니?'

여섯 살 때 일은 이제 가물가물하다. 잘 생각도 나지 않는다.

'진짜 이제 좀 봐주면 안 돼?'

이 악연이 조금 보태 10년이나 이어질 줄 알았더라면, 로하네스는 그때 그냥 웃고 말았을 것이다.

'내가 너한테 그렇게 잘못했어? 내 머리를 먼저 잡아당긴 건 너잖아.'

로하네스는 까마득한 옛일이 후회되었다.

'그때 그냥 참을걸, 웃고 있을걸.'

한 번도 자신의 잘못이라 생각하진 않았지만 말이다.

중학교는 유치원이나 초등학교와는 여러모로 다른 점이 많았다.

우선은⋯⋯ 다들 전보다 예민했다. 서로의 특성이나 집안을 눈여겨보고 서열을 매겼다. 이곳이 뭐 정글도 아닌데 말이다.

가능하면 해롤드 없이, 평범한 학교생활을 하고 싶었던 로하네스의 바람은 그를 마주치자마자 뭉개졌다.

'나⋯⋯ 학교 가기 싫어.'

해롤드는 아주 금방 이 학교의 우두머리를 차지했는데, 저를 그냥 무시해 주지 않을까 싶었던 기대는 의미가 없었다.

"야, 로하네스."

해롤드는 그녀를 자주 '야!'라고 부르며 괜한 시비를 걸었다.

그저 가끔 눈이 내리면 눈뭉치를 등에다 집어 던지거나, 길게 땋은 머리를 의자 등받이에 묶어 놓는다거나 말이다. 남들한텐 그냥 장난으로 여겨질 수도 있는 시비였다.

"……."

하지만 로하네스에게는 단순하게 느껴지지 않았다. 그들 사이엔 역사가 있다.

'죽고 싶다.'

가끔, 로하네스는 압박감에 고개를 젖히고 울고 싶어졌다.

'전학 가고 싶어…….'

하지만 해롤드에게 벗어나는 건 불가능하게 느껴졌다. 이 사립학교는 고등학교까지 엘리베이터 식으로 올라갔다.

로하네스는 부모님과 상의하고 싶었지만, 그들은 언제나 너무 멀리 있었다.

'참자…….'

참는 수밖에 없지 않나. 뭐 심한 장난도 아니고. 그러나 로하네스가 성장할수록 마음도 조금씩 곪아 갔다.

특성에 따라 차이는 있지만, 여자의 성장은 남자보다 빨리 시작되고 멈춘다. 사춘기는 로하네스의 성장과 함께 손을 잡고 왔다.

'소매가 짧아졌네.'

고등학교에 올라가기 1년쯤 전부터였나? 교복의 치맛단과 소매가 부쩍 짧아졌다.

'생리도 시작했고.'

가슴이 아프게 멍울이 잡히더니 허리가 가늘어졌다.

그즈음이었다.

'요즘엔 해롤드가 머리를 잡아당기지 않네.'

해롤드가 그녀를 괴롭히지 않게 된 것은. 무슨 심경의 변화가 있었는지는 잘 모르겠지만, 단순히 자신에 대한 흥미가 떨어졌나 보다고 생각했다.

'그래, 걔도 어른이 될 때지.'

그다음부터 로하네스의 삶은 한결 편해졌다.

평범하게 친구도 사귈 수 있었고, 집에 와선 공부에 열중할 수도 있었다. 그러는 사이 그들은 고등학생이 되었다.

"어⋯⋯. 저요?"

어느 날, 로하네스는 한 학년 위의 선배한테 고백을 받았다. 이런 경험은 처음이었기 때문에 그녀는 놀랐다. 그동안 저를 좋아 한다 말해 준 남자가 없던 것이다.

"아, 감사합니다, 감사한데요⋯⋯."

로하네스는 정신이 없었다.

그런데 고백을 받으면 뭘 하는 거지? 산책을 하고, 영화를 보고⋯⋯ 사귀게 되는 건가?

그녀에게 고백한 선배는 같은 곰 특성인 사람이었다.

"네가 계속 내 눈에 보였어."

운동장에서 체육 수업을 할 때 우연히 보았고, 그 이후부터 계속 눈길이 갔다고 했다.

'지금까지 날 지켜보고 있었다고?'

그야 같은 특성을 가진 사람한테 더 끌리는 것은 본능이다.

로하네스는 얼떨떨한 와중에 선배의 데이트 신청을 수락했다. 주말에 같이 영화를 보자는 것이었다.

'그런데 데이트라니, 나는 그 사람에 대해 아는 게 없는데 대체 뭘 하지?'

분명히 선배가 뭐라고 말하긴 했지만, 로하네스는 그 영화가 무슨 내용인지도 몰랐다.

그리고 주말.

데이트는 친구들과 노는 것과 달리 엄청 지루했다. 커다란 팝콘 한 통을 사이에 두고 먹는데, 대체 손을 어디에 둬야 하는지도 알 수 없었다.

'재미없어.'

생각보다 재미없었다.

'이렇게 재미없는데, 데이트를 왜 하는 걸까?'

로하네스는 집으로 돌아가는 길에 속으로 고민했다.

"잘 들어가."

"네."

선배는 그녀를 집에 데려다주었고, 그게 다였다.

월요일이 되었다.

주말에 영화 한 편 보고 돌아왔더니, 학교에 소문이 파다했다. 겨우 영화 한 편이었을 뿐인데 말이다.

"야."

다음 수업으로 이동하려 복도를 걷는데, 등 뒤에서 목소리가 들렸다.

"너 그놈이랑 정말 사귀어?"

로하네스는 뒤를 돌아보았다. 제 인생에서 사라졌나 싶었던 해롤드 바스커빌이 서 있었다. 데이트 소문이 그의 귀에도 들어간 모양이었다.

"어……?"

"너 따라 나와 봐."

그 말이 로하네스한텐 일진이 옥상으로 따라오라고 협박하는 것이나 마찬가지로 들렸다.

'이건 또…… 갑자기 왜 시비야?'

로하네스는 한숨이 나올 것 같았다.

"그래……. 그런데 어디 갈 건데?"

무서운 건 아니다. 하지만 해롤드의 말을 거절했다가 또 어떤 일이 일어날지 알 수 없었다.

그녀는 그를 곱게 따라나섰다.

해롤드가 도착한 곳은 교정 뒤 동산에 덩그러니 있는 동백나무 아래였다.

"야."

말없이 서 있던 해롤드는 그녀를 또 '야.' 하고 불렀다.

"왜?"

"너 정말 사귀어?"

해롤드가 물었다.

'얘는 대체 또 무슨 기상천외한 방법으로 시비를 걸려는 것일까?'

괜한 트집을 잡히고 싶지 않았던 로하네스는 대답 없이 그를 바라만 보았다. 해롤드는 갑갑하다는 듯 목을 조이는 넥타이 매듭을 검지로 끌어내렸다.

"진짜 그놈과 사귀냐고."

어쩐지 초조해 보였다. 로하네스는 해롤드를 빤히 바라보다 문득, 그를 이렇게 눈여겨본 적이 없다는 걸 깨달았다.

'얘가 이렇게 키가 컸나? 자랐나?'

분위기가 이전과 달라졌는데, 그게 뭔지 모르겠다는 생각이 들었다.

"귀먹었어?"

로하네스가 상념에 잠겨 아무 말 않자, 해롤드가 날카로운 목소리로 물었다.

"……사귀면?"

로하네스는 부모님을 위해서라도 해롤드의 괴롭힘을 참기로 했다. 지금까지 그가 시비를 걸 때면 늘 웃는 낯으로 참아 왔다.

"사귀면, 네가 뭘 어쩔 건데?"

하지만 그 순간에는 어째서 날 선 말이 나갔는지 몰랐다.

"내가 누구랑 사귀든, 너와 무슨 상관인데?"

참았던 것이 오랜만에 마주한 얼굴에 터졌던 것일까?

"왜? 또 훼방 놓게?"

"……."

"넌 늘 그랬지. 내가 누구랑 말하고 놀면 머리 잡아당기고 괴롭히고. 혼자 있으란 식이었어. 이번에도 그러고 싶니?"

로하네스의 말에 해롤드는 놀란 얼굴로 대꾸조차 하지 못했다.

"……."

"왜?"

마치…… 그런 말을 들을 줄 몰랐다는 그의 표정에 로하네스는 어쩐지 울컥했다.

"너나 나나 이제 곧 어른이야. 이제 좀 그만하면 안 돼?"

로하네스는 계속해서 쏘아붙였다.

"나 너 이러는 거 이제 지겨워. 네가 뭘 어쩔 건데? 형한테 이를 거야, 아니면 너희 집에서 우리 가문에 해 주는 지원을 끊을 거야?"

억눌렀던 마음이 왈칵 터졌던 것은 사실이다.

"나 너 정말 싫고 짜증 나."

엉겁결에 하고 싶은 말을 해 버리고 나니, 로하네스는 후련했다.

"……울어?"

해롤드 바스커빌이 두 눈에서 눈물을 주룩 흘리기 전까진 말이다.

"왜 울어?"

"…….."

어릴 때처럼 뺨을 올려붙인 것도 아니고, 밀어 넘어뜨린 것도 아니다.

그냥 하고 싶은 말을 했을 뿐인데, 해롤드의 은회색 눈동자에서 물이 뚝뚝 떨어졌다.

"…….."

그도 제가 우는 줄 모르는 듯했다.

"해롤드?"

로하네스가 이름을 부르자 해롤드는 제 풀에 흠칫 놀랐다. 그리고 제 뺨에 흐르는 눈물을 닦더니, 홱 고개를 돌렸다.

늑대가 도망쳤다.

나무 아래 우두커니 남겨진 곰은 어리둥절했다.

"왜 우는데?"

로하네스의 물음을 들은 것은 동백꽃뿐이었다.

"왜?"

물론 꽃은 대답이 없었다.

'아차.'

로하네스는 집에 돌아와서야 정신을 차렸다.

'어쩌면 좋아. 또 난리 치겠지?'

참아야 한다고 생각했다면 계속 참았어야 했는데. 어쩌자고 자신을 괴롭힐 수 있는 상대의 자존심을 긁었는지 모르겠다.

'집안까지 들먹일 필요는 없었는데…….'

이제 둘 다 어린아이도 아니니, 다툼이 더 심하게 번질 수도 있었다. 혹시 불똥이 부모님한테 튈까 봐 로하네스는 안절부절못했다.

'혹시 부모님한테 전화가 걸려 오는 건 아닐까? 해롤드한테 무슨 짓을 저질렀냐고?'

당시, 그녀의 부모님은 여전히 아주 먼 곳에 있었다.

그다음 날, 로하네스는 학교 가기가 너무 무서웠다.

'사과할까?'

하지만 사과를 한다고 그걸 받아 줄 애였다면, 몇 년이나 저를 이리 집요하게 괴롭히지는 않았을 것이다.

'어쩌면 좋지……'

로하네스는 덜덜 떨면서 학교에 나갔다.

그런데 해롤드의 자리는 비어 있었다. 그날 모든 수업이 끝날 때까지 해롤드는 보이질 않았다. 그다음 날도, 또 그다음 날도 마찬가지였다.

며칠 뒤 알게 되었는데, 해롤드는 저와 싸운 날 무척 심한 독감에 걸렸다고 했다. 감염률이 높아 일주일이나 학교를 빠져야 하는 병이었다.

'이런 생각을 하면 안 되지만…… 잘 됐다.'

로하네스는 당장 해롤드의 얼굴을 보지 않아도 되는 데 안심했다.

안심하는 사이, 데이트를 한 번 했던 선배와의 일은 흐지부지됐다. 그리고 어느 날, 선배는 돌연 사라졌다.

'이 시기에 전학이라고?'

들기론 부모님을 따라 멀리 떠나야 한다고 했다.

일주일이 흘렀다.

해롤드는 학교로 돌아왔다. 그는 학교에 오자마자 그날 점심시간에 로하네스를 다시 동백나무 아래로 불렀다.

"왜…… 불렀는데?"

"……."

일주일 만에 본 해롤드는 전보다 더 달라져 있었다. 이를테면 분위기가 말이다. 해롤드가 머뭇거리다 입을 벌렸다.

"그동안…… 내가 미안했어."

"어?"

처음 들려온 것이 사과라서 로하네스는 깜짝 놀랐다.

"정말 미안했어."

해롤드가 다시 한번 말했다.

"그동안 너한테 심했던 것 같아."

로하네스는 어이가 없었다.

'이게 무슨 소리야?'

앓았다는 병이 정말 심각했나 보다. 그렇지 않아도 해롤드는 무척 초췌해 보였다. 그가 계속해서 말했다.

"난 네가 날 그렇게 생각하는 줄 몰랐어."

로하네스는 두 눈을 깜박깜박 떴다.

'내가 널 어떤 식으로 생각했는데?'

도통 무슨 소리인지 알 수가 없다. 특히, '그렇게'나 '생각'이 무슨 뜻인지를 이해할 수가 없어 멍하니 있는데, 해롤드가 뜻밖의 소리를 했다.

"그동안 네가…… 아무튼 내가 사과할게. 사과 받아 줄 거지?"

'뭘?'

사실 뭘 사과하는지는 알 수 없었지만, 일단 로하네스는 고개를 끄덕였다.

"그러니까 아무튼 내가 미안했고…… 아, 진짜 무슨 소리 하냐."

벅벅 마른세수를 하던 해롤드가 말을 이었다.

"아무튼 그간 내가 괴롭혔…… 미안했고, 우리 다시 해 보자. 괜찮지?"

'다시 해 보자고?'

로하네스로서는 더 알 수 없는 얘기였다.

'뭐가 괜찮은데?'

로하네스는 물음표의 미궁에 빠져 한참 어리둥절했다.

'대체 무슨 헛소리를 하는 거야?'

하지만 따져 묻기에는 해롤드가 잘못한 게 너무 많았다. 이해는 되지 않지만 일단 미안하다는데, 긁어 부스럼 만들 필요가 뭐가 있을까?

'난 걔 심기 거스르기 싫어. 애가 원한을 잊지 않고, 또 집요하잖아.'

아무튼 더 괴롭히지 않겠다고 선언했으니 다행인 일이었다. 집에 돌아온 로하네스는 안심했다.

'진짜 이번엔 등교 거부할 뻔했네.'

하지만 그것은 끝이 아니라, 오히려 또 다른 불행의 시작이었다.

그날 밤, 로하네스에게 모르는 번호로 메시지가 왔다.

「영화 티켓이 두 장 생겼는데, 같이 보러 갈래?」

'누구야?'

아무리 봐도 모르는 번호였다.

'잘못 보냈나?'

점심시간의 일로 지쳐서 '메시지 잘못 보내셨냐'는 답장을 하기도 귀찮았다.

'뭐 알아서 다시 연락하시겠지.'

그녀가 무시한 그 잘못 온 메시지는, 사실 잘못 온 것이 아니었다.

이 일 때문에 다음 날 다시 동백나무 아래로 끌려갈 줄을 미리 알았더라면, 로하네스는 누구냐고 답장을 보냈을 것이다.

'얘가 나를 왜 불렀지……?'

로하네스는 나무 아래 멍하니 서서 생각했다.

'너 이제 나 그만 괴롭히겠다며?'

해롤드 바스커빌은 사람을 불러 놓고 뭐 마려운 강아지처럼 그녀의 주변만 빙빙 돌았다.

"너 어제 메시지 못 봤어?"

그러더니 한참 만에 물었다.

"무슨? 무슨 메시지?"

"아하."

그 말을 '메시지를 못 봤다'고 이해한 듯, 해롤드의 얼굴이 활짝 펴졌다.

"내가 어제 영화 티켓이 두 장 생겼는데, 같이 보러 갈래?"

어제 흘깃 보고 무시한 메시지의 내용과 토씨 하나 다르지 않은 말에 로하네스는 살짝 아찔했다.

'내가 너랑 영화를 왜 보는데?'

하고 싶은 말을 꾹 참으며 로하네스가 물었다.

"무슨 영화인데?"

해롤드가 들고 온 영화표는 요즘 재미있다고 입소문이 자자한 영화였다.

'그래도 개랑은 보기 싫어.'

생각해 보면 바스커빌이니, 어느 분야든 무료 티켓이 무척 많이 들어올 것 같았다. 그런데 왜 하필 자신인가?

'얘 뇌를 다쳤나?'

"몇 시 영화야?"

로하네스는 시간을 물어보면서도, 대체 이걸 왜 해롤드와 봐야 하는지 몰라 눈살을 찌푸렸다.

"오늘 8시 영화인데, 시간 어때?"

사실 물어보면서도 별 선택권이 없다는 건 알았다.

"……그래, 응."

"그럼 내가 너희 집 앞에 차 보낼게."

'아냐, 아냐, 그럴 필요 없어.' 하고 거절하고 싶었지만, 로하네스는 말없이 고개를 끄덕였다.

교실로 돌아오자, 5시 반에 차가 도착할 것이라는 메시지가 왔다.

'……하.'

로하네스는 모르는 번호를 「개새끼」란 이름으로 저장했다.

'진짜 난 얘를 뭐 어떻게 대해야 할지 알 수가 없다.'

'개'에 '새끼'를 붙이는 건 갯과 특성을 가진 사람에게 차별 단어였지만, 이보다 더 좋은 단어를 떠올릴 수가 없었던 것이다.

그리고 영화는…… 진짜 재미없었다. 로하네스는 중간 장면이 아예 생각나지 않았다. 통으로 졸았기 때문이었다.

'뭐지, 뭔가 스쳐 지나가긴 했는데.'

해롤드는 로하네스가 데이트했던 그 선배와 마찬가지로, 영화관에 들어가기 전에 커다란 팝콘 한 통과 콜라 두 개가 묶인 커플 세트를 주문했다.

'아, 지루하다.'

대체 해롤드가 여기 자신을 왜 데려왔는지 모르겠는 로하네스는 그 커다란 팝콘 한 통이 당연히 해롤드의 몫이라고 생각했다.

'무심코 한 톨이라도 먹으면 얘가 무슨 패악을 부릴까?'

물론 그 한 통을 제 몫으로 안겨 준다 한들, 먹고 싶지도 않았다. 로하네스는 자신의 몫으로 주어진 콜라에도 입을 대지 않았다.

"재미없었어……?"

영화관을 나오며 해롤드가 그녀의 눈치를 보듯 감상을 물은 것은, 그가 생각해도 이 영화가 너무 재미없어서였을 것이다.

"아니, 진짜 재미있더라. 영화 보여 줘서 고마워. 잘 봤어."

로하네스는 웃었다. 해롤드의 눈치를 보며 산 지 꽤 되어서 거짓말을 하는 게 그리 어렵지도 않았다.

그런데…… 그게 문제였을까?

'재미없다고 할 걸 그랬나?'

거짓말을 하는 게 좀 티가 나야 했던 것일까?

"야, 내가 표가 생겼는데……."

바스커빌이 예술 분야에 고루고루 후원을 많이 하는 것 안다. 아는데, 그놈의 두 장짜리 표는 하루가 멀다 하고 생겨났다.

'영화는 정말 양반이다.'

좋은 것도 좋아하는 사람과 해야 좋은 거지…….

'얘는 대체 이걸 왜 나랑 보러 가는 건데?'

게다가 로하네스는 오페라나 오케스트라 같은 고급 예술에는 관심이 없었다.

'그래서 쟤가 왜 쟤를 죽이는 거야……?'

감정선은 물론, 태어나기 몇백 년도 더 전의 시대 배경을 알고 있어야 이해가 되는 오페라며 연극을 따라다니다 보니 점점 지쳤다.

'……차라리 머리라도 잡아당겨라.'

게다가 해롤드의 기행을 따라다니자니…… 집에서 쉬거나 공부할 시간이 턱없이 부족했다.

'무슨 생각인진 모르겠지만, 빨리 좀 그만두었으면 좋겠다.'

부모님을 따라가진 못하겠지만, 로하네스도 집안에 보탬이 되고 싶었다.

'왜 할 이야기도 없으면서 차를 마시고 가자고 하는 거야?'

해롤드한테 한참을 시달린 후 집에 돌아와 공부하자니 무척 졸리고 피로했다.

'얘네 집에는 공짜 티켓이 마르질 않겠구나.'

로하네스가 정신을 차린 것은 해롤드와 생산성 없는 시간을 보내길 두 달간 반복한 뒤였다.

'이거…….'

지난 일들을 곰곰이 되새기자니 확신이 섰다.

'신종 괴롭힘이구나.'

얘가 나이를 좀 먹더니 전략을 바꾼 것이다.

'아…….'

로하네스는 해롤드 바스커빌이 얼마나 집요하고 무서운지 실감하는 동시에 정신이 아찔했다.

'그때 내가 왜 그만 괴롭히라고 쏘아붙였을까?'

화를 낼수록 상황은 점점 악화되기만 한다.

'내가 대학에 가면 이 괴롭힘에서 벗어날 수 있나?'

보통이면 그럴 것이다.

'그럴 수 있을까?'

하지만 상대가 해롤드라면 잘 모르겠단 생각이 들었다.

초등학교, 중학교, 고등학교에 진학할 때마다 똑같은 생각을 했지만, 상황은 바뀌지 않았다. 진짜 잘못 걸렸다.

"……."

이런 식으로 툭툭, 고양이 앞발로 쥐 갖고 놀듯이 놀려지는 일이 평생 계속될지도 모른다.

'내가 뭘 그렇게 잘못했는데?'

그렇게 생각하자, 꾹꾹 참아 눌렀던 스트레스가 어느 날 갑자기 툭 터졌다.

주르륵―.

눈물과 함께 말이다.

'진짜…… 너무해.'

참는 것도 한두 번이지, 진짜 이제 더는 못하겠다.

"……흑."

'아니, 내가 뭘 그렇게 잘못했어?'

무슨 내용인지도 모를 공연의 귀빈석에 앉아 있던 로하네스는 고개를 젖히고 울기 시작했다.

"로하네스?"

옆에서 해롤드가 당황스러운 목소리로 그녀의 이름을 불렀으나, 로하네스는 상황을 파악할 정도로 제정신이지 못했다.

"왜 울어?"

"너무 슬퍼……."

로하네스는 지금 이 연극인지 오페라인지 모를 공연의 내용조차 알 수 없었기에, 그저 해롤드에게 슬프다는 말만 반복할 뿐이었다.

그날 해롤드는 로하네스를 걱정하며 다른 때보다 일찍 집에 데려다주었다.

"푹 쉬어. 내가 네 상태도 모르고…… 아니야. 아니다. 오늘 내가 다 잘못 골라서……."

해롤드가 그리 말했지만 로하네스는 이 모든 게 고양이 쥐 생각하는 것으로 보였다.

"흐어어어어엉……."

분명 일부러 그러는 것이다. 제가 이제 어떤 불만도 품지 못하게 말이다. 집에 돌아오자마자 로하네스는 다시 울음을 터뜨렸다.

"나더러 대체 어쩌라는 거야!"

열 살 때부터 열 살이 아닌 것처럼 제 감정을 숨기며 착한 아이인 양 행동했지만, 그때도 지금도 어린아이일 뿐이었다.

"으어어어엉, 엄마 보고 싶어!"

성인이 되기 한참 전인.

로하네스의 부모님이 오랜만에 고국에 돌아온 것이 바로 그때쯤이었다. 그녀는 엄마를 보자마자 품에 안겼다.

"나 더 이상 못하겠어요……!"

그리고 울음을 터뜨렸다.

"저 제발 전학 보내 주세요!"

로하네스의 부모님은 실로 이성적인 사람들이었다.

"뭐라고……?"

해롤드한테 손찌검을 했을 때에야 로하네스가 똑같은 잘못을 저지를까 봐 엄하게 타일렀지만, 그간의 일을 알고 난 부모님은 깜짝 놀랐다.

그로부터 며칠 뒤의 일이다. 알렉산더는 바스커빌가에 도착한 어떤 편지를 뜯어 살펴보다 첫째 동생을 불렀다.

"해롤드."

그리고 한숨을 푹 내쉬었다.

"왜?"

해롤드는 형의 알 수 없는 태도에 고개를 갸웃했다.

"쉴라 가문의 '특성과 종족 없는 의사회'에서 바스커빌 그룹의 후원을 거절하겠다는 공문을 보내왔는데, 그 이유가 무엇이라고 생각하니?"

"……어?"

"로하네스한테 대체 무슨 짓을 저질렀어, 해롤드?"

전후 상황을 모르고 있던 해롤드는 그 말에 깜짝 놀랐다.

"왜? 뭐? 그게 무슨 말인데? 내가 로하네스한테 뭐?"

이 영민한 차남은 제 연애 문제만큼은 영 까막눈이었다.

해롤드의 나이 여섯 살, 바스커빌가 삼형제 중 차남인 그에게 닥친 비극은 애정에 솔직하지 못한 점에 있었다.

'쟨 뭐야?'

처음 로하네스를 봤을 때 좀 더 솔직하게 굴었더라면, 연애의 난이도가 이 정도로 극악이 되진 않았을 것이다.

'뭔데 저렇게 예뻐?'

더군다나 사랑에 죽고 못 사는 바스커빌인데 말이다.

첫눈에 사랑에 빠지는 건 아마 이 집안의 유전인 듯했다. 해롤드의 눈에, 처음 본 로하네스는 하늘에서 내려온 천사처럼 반짝반짝 빛이 났다.

한데 땋아 높게 올려 묶은 새하얀 머리칼, 머리 위에 폭신하게 솟은 두 개의 반달 귀.

"아!"

관심을 끌고 싶었고, 만지지 않고는 견딜 수가 없었다. 하지만 하필 왜 그 머리칼을 잡아당기는 것으로 관계의 시작을 알렸는지…….

"아?"

이후 해롤드는 로하네스와의 첫 만남을 생각하면 죽고 싶은 기분에 사로잡
혔다.

첫 만남.

'날 좀 봐. 야. 날 좀 보라고.'

그저 본능에 따라 저지른 짓은 이 오만한 도련님의 첫인상을 성대하게 망쳐
놓았지만, 본인은 그걸 몰랐다.

"뭐야?"

고개가 꺾인 소녀는 고개를 돌렸고, 해롤드는 '어?' 하는 사이에 뺨을 맞고 어
깨를 떠밀렸다.

"이게!"

남녀라고 해 봐야 힘의 차이가 얼마나 나는 시기겠는가? 해롤드는 그 자리에
서 나뒹굴었다.

"날 쳐⋯⋯?"

바스커빌가의 차남인 해롤드는 어이가 없어 눈을 깜박깜박 떴다.

'내 뺨을 때린 건 네가 처음이야⋯⋯!'라는 전형적인 로맨스 남자 주인공의
대사처럼, 해롤드를 이리 대한 여자는 정말 로하네스가 처음이었다.

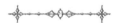

"해롤드, 관심 좀 받자고 상대를 괴롭히는 건 저급하고 유치한 짓이란다."

집에 돌아오자 선생님에게 이 일에 대해 미리 들었는지, 벌써부터 집안의 장
남 노릇을 하고 있던 알렉산더가 그에게 충고했다.

"다시 보면 제대로 사과하렴."

이후 나중 이 일을 회상하며 해롤드는 앓고 또 앓았다. '대체 그때 나는 왜 알
렉산더의 말을 듣지 않았을까?' 하고 말이다.

"미안해……."

다음 날 다시 만났을 때, 로하네스의 사과를 받아 주었다면 얼마나 좋았을까? 사과를 받아 준 계기로 친구가 될 수도 있었을 것이다. 하지만 해롤드는 로하네스를 무시했다. 어디 그뿐일까?

'으아…….'

해롤드는 후회했다. 하지만 모든 후회가 그렇듯, 모든 게 이미 늦은 감이 있었다.

얼마 뒤, 해롤드는 알렉산더를 졸라 로하네스를 포함한 여러 아이들을 바스커빌가로 초대했다.

"왜? 또 전처럼 해 보시지?"

그리고 제 집에서도 그녀를 괴롭혔다. 어쩌면 로하네스가 또 저를 왁, 하고 소리 지르면서 떠밀기를 기대했을 수도 있겠다.

"……."

하지만 그사이 로하네스의 태도는 사뭇 달라져 있었다.

"……아파."

제가 그 예쁜 머리칼을 몇 번이나 잡아당기고 나서야 눈을 찌푸리며 중얼거렸을 뿐, 아무런 대꾸나 행동도 하지 않았다.

'얘가 어디 갔지?'

그때 뺨을 올려붙이던 기세등등함은 어딜 갔는지, 이젠 해롤드의 눈에 안 띄기에 급급한 모습이었다.

'날 두고 어디에 숨은 거야?'

그 후로도 로하네스의 관심을 받으려는 해롤드의 노력은 계속되었지만, 사실 노력을 하지 않는 편이 훨씬 더 점수를 따는 방법이었을 것이다.

괴롭히기만 해도 수습이 안 될 지경인데, 또 다른 방법으로 관심을 끌려고 제가 가지고 있는 좋은 물건들이나 집을 자랑하고……. 그야말로 유치하기 그지없는 짓들을 했다.

'내가 미친 새끼다, 정말.'

다른 땐 잘 돌아가는 머리가 어떻게 로하네스 앞에선 삐걱거리기만 했을까. 해롤드는 어린 시절 제가 한 행동을 믿을 수 없었다.

'아차……'

조금 더 철이 들고 나서 보니, 상황은 파국이었다. 로하네스는 같은 공간에 있어도 저와 눈 한번 마주치지 않으려 들었다.

'아니, 하─. 누군 뭐─ 이 상황이 초조한 줄 알아?'

해롤드는 처음엔 그 파국을 부정하려 들었다.

'나도 너 관심 없어.'

제 마음과 함께 통째로 말이다. 사실 그 편이 쉬웠다.

'누가 너 좋아하기라도 한대? 난 그냥 네가…… 좀 신경 쓰이는 거지.'

손쓸 수 없이 마음에 둔 이의 관계를 망친 것이, 제가 봐도 답이 없어 보였기 때문이었다. 그런 주제에, 해롤드는 로하네스와 조금도 멀어지고 싶지 않았다.

"나 내년에도 로하네스와 같은 반 하고 싶어."

티타임 시간, 차를 마시고 있던 알렉산더는 해롤드가 툭 내뱉은 말에 슬며시 웃었다.

"해롤드, 그만 인정하지 그러니. 차라리 지금이라도 인정하는 게 오히려 편하단다. 수습도 쉬울 테고."

"뭐가?"

"네 마음 말이야. 내 말은 먼 길 돌아가지 말란 뜻이야."

해롤드는 저보다 먼저 태어났다고 모든 것을 다 안다는 듯이 구는 알렉산더가 마음에 들지 않았다. 특히 연애 문제에 있어서는 더 그러했다.

"그게 무슨 소리야?"

자연히 말에 날이 섰다.

"너 로하네스를 좋아하잖니? 내가 이렇게 말을 해 줘야 알아들을까?"

알렉산더가 차를 소서에 내려놓고 어깨를 으쓱했다.

"내가 그런 선머슴 같은 애를 왜—?"

"글쎄 내 생각엔 로하네스는 선머슴도 아니고, 오히려 아주 예쁜 여자애인걸."

해롤드의 눈썹이 꿈틀 움직였다.

알렉산더가 로하네스에 대해 말하는 것이 무척 마음에 들지 않았는데, 무엇 때문인진 알 수 없었다.

"내 생각엔 너는 이미 로하네스한테 사로잡힌 것 같은데, 문제를 수렁으로 더 끌고 들어가지 말고 지금이라도 사과하고 친해질 생각을 하렴."

"……."

"젊은 나이에 요절하기 싫으면 말이야. 난 나보다 먼저 첫째 동생 장례를 치르고 싶지 않단다."

알렉산더가 자신들의 관계에 대해 뭘 안단 말인가? 형의 충고에 해롤드는 완전히 발끈했다.

"진짜 아니라니까. 그냥 반에 아는 애 한 명 껴 있으면 좋겠다 싶어서 그런 거야! 됐어! 내가 괜한 걸 부탁했지!"

해롤드는 화를 냈지만, 이제 알렉산더는 턱까지 괴고 재미있어했다.

"그걸 정말 변명이라고 하니? 아는 애는 로하네스 말고도 많을 텐데, 네가 겨우 그런 이유로 나한테 부탁을 한다고?"

해롤드는 알렉산더의 놀림에 더 참지 못하고 뛰쳐나갔다. 도망치는 등 뒤로, 알렉산더가 크게 웃으며 다시 한번 경고했다.

"그러다 후회한다!"

그 맑은 웃음소리가 해롤드의 마음을 헤집어 놓았다.

해롤드는 제 마음을 부정하는 데 오랜 시간을 쏟았다.

절대로, 로하네스가 제 짝이어선 안 됐다. 로하네스가 제 일생일대의 사랑일
리가 없었다.

'우선은— 같은 늑대도 아니잖아.'

해롤드는 성장하면 성장할수록, 자주 이불에 파묻혀 그녀를 생각하며 앓았다.

'그 미련 둔탱이를 내가 왜?'

로하네스가 먼저 고개를 숙이고 들어왔으면 이 관계가 이렇게 망가지진 않
았을 것이다.

해롤드는 적반하장 식으로 생각한 뒤, 모든 책임을 그녀에게 떠넘겼다.

'나도 뭐, 이렇게 어색하게 지내고 싶진 않았어. 오래 알기도 했고…….'

물론 알렉산더의 말이 아예 틀린 건 아니었다.

'생각해 보면 선머슴도 아니고.'

로하네스는…… 꽤 귀여웠다. 실은 처음 만났을 때부터, 깨물어 주고 싶을
정도로 귀여웠다.

'하지만 귀엽다고 다 좋아해야 하는 건 아니잖아. 아니야.'

돌아가신 어머니도, 지금 알렉산더가 만나는 사람도 같은 늑대 특성이었다. 해
롤드는 막연히 자신도 그럴 것이라 생각하고 있었다.

'그러니까 아니야. 내가 갤 보고 병이 난 것도 아니고.'

해롤드는 로하네스가 제 짝일 리 없다 생각하면서도, 어쩐지 땋아 늘어뜨린
그녀의 머리칼에서 시선을 떼기 어려웠다.

'봐, 나는 멀쩡하잖아.'

해롤드한테 아예 믿는 구석이 없던 것도 아니었다.

바스커빌 가문엔 대대로 내려오는 홍역 같은 질병이 하나 있었다. 사랑니가 일으키는 통증과는 비교도 할 수 없는, 상사병이었다. 해롤드한텐 아직 그것이 없었다.

'봐 봐, 난 멀쩡해. 언젠가 나를 사로잡을 완벽한, 아주 완벽한 여자애가 나타날 거야.'

그래서 마음을 부정하기 더 쉬웠는지도 몰랐다.

'그럼 로하네스는 나한테 아무것도 아니게 되겠지.'

그때쯤이라도 알렉산더의 말을 들었으면 좋았을 것이다. 하지만 해롤드는 한편으로 로하네스가 아주 밉기도 했다.

'차라리 전처럼— 때리기라도 하지.'

해롤드가 그간 관찰하기론 로하네스는 매사 무심한 사람은 아니었다. 오히려 사소한 일에도 잘 웃고 친한 사람들에게 스스럼없이 장난도 쳤다.

"야."

그만 제외하고 말이다.

"……."

"불렀으면 대답을 해야 할 것 아니야?"

자신의 앞에서만 무심한 척, 아무것도 모르는 척할 뿐이다. 친구와 뭔가를 주고받으며 이야기를 나누고 있던 로하네스는 해롤드의 채근에 못 이긴 듯 그를 바라보았다.

"……왜?"

그때가 아마 중학교 졸업을 앞둔, 마지막 학기였을 것이다. 로하네스가 무척 기죽은 얼굴로 물었다.

"내가 뭐 도와줄 게 있을까?"

없었다.

"……."

해롤드는 무슨 말이라도 이어 가고 싶었지만, 사실 할 수 있는 말은 전혀 없었다.

지금까지 매년 같은 반이었고 집에 초대한 것은 셀 수도 없을 정도인데도, 남보다 못한 사이가 된 이유는 무엇일까?

졸업식에서 로하네스는 다른 학생들과 달리 부모님 없이 혼자였다. 하지만 표정만큼은 무척 후련해 보였다.

'마지막인데…….'

해롤드는 사진이라도 함께 찍자고 말할까 망설였다. 하지만 로하네스는 어, 하는 순간 그의 시야에서 사라졌다.

해롤드는 집에 돌아와 우울한 채로 방학을 내리 흘려보냈다.

'연락이라도 해 볼까?'

로하네스의 연락처를 알고 있기야 했다. 그러나 연락할 만큼 가까운 사이는 아니었다.

고민하는 새 시간이 흘렀고, 해롤드는 고등학생이 되었다. 알렉산더가 손을 써 줘서인지 로하네스는 여전히 같은 반이었다.

새 학기의 첫날, 그는 창가에 서 있는 익숙한 뒷모습을 보았다.

"……."

전보다 키가 훌쩍 큰 로하네스였다. 해롤드는 한참 동안 그 자리에 서 있었다. 어쩐지 시선도, 발걸음도 뗄 수가 없었다. 먼저 인기척을 느낀 로하네스가 뒤를 돌아보았다.

"안녕."

그리고 어색하게 웃으며 먼저 인사를 건넸다.

"······."

해롤드는 어쩐지 아무 말도 할 수 없었다. 로하네스는 그 침묵에 한참 안절부절못하더니, '화장실에 가야겠다.' 하고 중얼거리곤 반대편 문으로 나갔다.

❖━━◇❖◇━━❖

고등학교에 올라오고 나니, 로하네스와 해롤드의 사이는 물리적으로나 정신적으로나 아주 멀어졌다.

해롤드의 편에서 로하네스에 대한 관심을 잃은 것은 아니었다. 그저 그가 더 이상 어린아이가 관심 끌려고 하는 것처럼 로하네스를 괴롭힐 수도 없었고, 괴롭히고 싶지도 않았기 때문이었다.

'······누구라도 만나 볼까?'

해롤드가 한밤중 충동적으로 그런 생각을 종종 떠올렸던 것은, 그의 꿈에 로하네스가 너무나 자주 방문했기 때문이었다.

로하네스는 그의 꿈에서 열 살이기도 했고 열한 살, 열두 살, 열세 살이기도 했다. 가끔은 여섯 살이거나, 지금 모습으로도 나타났다.

나타나서 무얼 했느냐고?

아무것도 하지 않았다.

"······."

어떤 행동도, 아무런 말도 하지 않고 해롤드를 빤히 바라보기만 했다. 그리고 로하네스가 저를 바라보면, 해롤드는 그 두 눈에 꼼짝도 하지 못했다.

검은 눈동자. 그냥 그 거울 같은 눈에 사로잡혀 있어야만 했다. ······너무도 의미심장한 꿈이었다.

"······."

로하네스의 꿈을 꾼 날에는 어김없이 밤에 잠이 깼고, 해롤드는 몹시 불안해져서 뜬눈으로 밤을 하얗게 지새워야 했다.

'이게 대체 무슨 꿈이지?'

정말로 내가 로하네스를 사랑하면 어떡하지, 하는 생각에서였다.

'무슨 꿈인데 이렇게 자주 꾸는 거지?'

그럼 나 정말 X 된 거 아닌가, 하는 생각에서였다.

"그러다 후회한다!"

어째서 들을 땐 발끈해 흘려 넘겼던 알렉산더의 말이 이제야 가슴에 콕콕 박히는 것일까?

'나 정말…… 로하네스를 좋아하는 거면 어떡해?'

바스커빌가의 특성을 생각하니 해롤드는 불안해서 견딜 수가 없었다.

상대의 마음을 얻으려 지옥불까지 기어들어 간다는데. 상대방이 차가운 눈빛이라도 보낼라치면 심장이 얼어붙는다는데. 가지지 못하면 시름시름 앓다가 죽게 된다는데.

그게 저주가 아니면 무엇인가?

'설마…… 아니야.'

해롤드의 가슴이 마치 절벽에 떠밀려 곤두박질치듯 두근거렸다.

'아니야.'

해롤드는 불안감을 애써 억누르려 했지만, 시간은 다가오고 있었다.

'내가 지금 병에 걸린 듯 아픈 것도 아니잖아.'

제 마음을 인정할 시간이었다. 그전에 무엇이라도 조치를 취했다면 좋았을 테지만, 해롤드는 대체 어떻게 이 간극을 좁혀야 하는지 알지도 못했다.

그러는 사이 시간은 흘러갔고, 그는 점점 로하네스에게 아무것도 아니게 되어 갔다.

'어쩌지. 어쩌지. 어쩌지······.'

해롤드는 고민했지만, 상황은 그저 혼자 문제를 끌어안고 고민할 수준이 아니었다.

그러던 어느 날이었다. 해롤드는 로하네스가 한 학년 선배한테 고백을 받았다는 사실을 알게 되었다.

"······뭐?"

그리고 로하네스가 그 고백을 받아들였단 사실도 말이다. 발등에 불이 떨어진 순간이었다.

"······아니."

어째서 그동안 생각하지 못했던 걸까? 저에게 로하네스가 특별하게 보인다면, 그건 다른 사람에게도 마찬가지라는 걸 말이다.

그날 해롤드는 로하네스를 학교 교정 뒤편으로 불러냈고, 그녀는 순순히 그의 뒤를 따랐다.

"너 정말 사귀어?"

해롤드는 제가 물으면서도 로하네스한테서 무슨 대답을 듣길 원하는지 알지 못했다.

"······."

"진짜 그놈과 사귀냐고."

그리고 오랜만에 본 로하네스가 왜 이렇게 예뻐 보이는지도 도통 알지 못했다. 해롤드는 날이 잔뜩 선 목소리로 으르렁거렸다.

"귀먹었어?"

그때였다.

"······사귀면?"

로하네스가 고개를 갸웃하며 물었다.

"사귀면, 네가 뭘 어쩔 건데?"

해롤드는 그 말에 숨을 멈췄다.

"내가 누구랑 사귀든 너와 무슨 상관인데?"

늘 제 말에 어색하게 웃기만 하던 로하네스가 저를 빤히 바라보며 또박또박 물었다.

"왜? 또 훼방 놓게?"

"······."

꿈속에서 보던 것과 똑같은 눈이었다.

"넌 늘 그랬지. 내가 누구랑 말하고 놀면 머리 잡아당기고 괴롭히고. 혼자 있으란 식이었어. 이번에도 그러고 싶니? 너나 나나 이제 곧 어른이야. 이제 좀 그만하면 안 돼?"

로하네스는 쉬지 않고 말했다.

"나 너 이러는 거 이제 지겨워. 네가 뭘 어쩔 건데? 형한테 이를 거야, 아니면 너희 집에서 우리 가문에 해 주는 지원을 끊을 거야?"

해롤드는 그 순간 깨달았다.

"나 너 정말 싫고 짜증 나."

상황이 아주 잘못 돌아가고 있다는 걸 말이다.

"······울어?"

그를 바라보며 대답을 기다리던 로하네스의 눈이 커졌다.

"왜 울어?"

그리고 물었다.

"······."

"해롤드?"

"······."

왜 우는지 저도 몰랐기 때문에, 해롤드는 달아나는 것을 택했다.

그렇지.

관계를 회복할 많은 시간이 있었다. 어떻게 해야 할 줄 몰라서, 또 자존심을 세우느라 망치고 흘러가 버린 시간이었다.

그날 어떤 정신으로 집에 돌아왔는지 몰랐다. 해롤드는 그날 엉망이 되어 저택 로비에 엎어졌다.

"어떡해, 나 로하네스를 사랑하나 봐!"

그리고 울음을 터뜨렸다.

"······."

그런 모습을 막내인 로만이 한심하다는 듯 바라보았다. 해롤드의 울음에 깨어난 알렉산더도 다가왔다.

"걔한테 코 꿰였나 봐!"

그는 울부짖었다. 실은 로하네스를 본 처음 그 순간부터 그녀를 사랑하고 있었다는 깨달음은 잔인하고 비참한 것이었다.

아주아주 많은 기회가 있었다. 아첨하고 아양을 부리고, 자존심을 다 내던져서라도 그녀의 마음을 얻을 기회가 몇 년 동안 무수하게 많았다.

"그걸 이제 알았단 말이야?"

해롤드를 내려다보던 알렉산더가 말했다. 놀리려는 어조는 아니고 그저 놀랍다는 투였다.

"게다가 그렇게 괴롭혀 놓고? 해롤드, 양심 있니?"

없었다.

"나도 왜 그랬는지 모르겠어. 다른 애랑 노는 게 싫어서……."

"해롤드, 너 도대체 몇 살이야?"

"흐윽, 어흐어어어엉!"

해롤드는 엉엉 땅을 치며 울부짖었다.

"난 이제 망했어!"

실제로, 정말 망했다. 이제 와서 뭐 어쩐단 말인가?

시대가 많이 바뀌었다. 요즘 같은 시대에 로하네스를 납치라도 할 수 있다던가?

그리고 할 수 있으면 뭐? 로하네스의 겁먹은 눈을 마주한 순간, 해롤드는 그녀의 몸에 손가락 하나라도 댈 수 없을 터였다.

해롤드는 그날부터 일주일간 그대로 앓아누웠다. 뼈와 살을 태우는 듯한 지독한 통증이었다.

'아파.'

고통 속에서 욕망은 그를 책망했다. 왜 진작 네 마음을 인정하지 않았느냐고.

'나도 알아. 내가 잘못했다는 거 안다고.'

—진작 네 욕망을 받아들였어야 했어. 이 상황을 망친 건 너야. 수습해. 수습하지 못하면 너는—.

제 본능이 굳이 책망하지 않아도 해롤드는 알았다. 자신은 죽게 될 것이다. 지금도 죽을 만큼 고통스러웠다.

'내가 로하네스를 그렇게나 사랑했다고?'

마음을 오래전에 인정했다면 모든 게 좀 더 쉬웠을 테지만, 이미 지나가 버린 기회를 붙잡지 못했다고 후회할 순 없었다.

그런데 엎질러진 물을 어떻게 주워 담는단 말인가?

일주일 뒤, 거의 죽다 살아난 해롤드는 등교했다.
그리고 일단 수습해 보기로 했다. 제가 마음을 표현하는 데 얼마나 서툰지도
모르고.

우선은 지금까지 있었던 일을 사과하기로 했다.
"할 말이 있어, 나와 봐."
덕분에 로하네스는 두 번이나 교정 뒤편으로 불려 나왔다.
"왜…… 불렀는데?"
로하네스는 처음 불려 왔을 때보다 기가 죽은 듯했다. 사실 그녀를 불러내고
서도 해롤드는 무슨 말을 해야 할지조차 몰랐다.
"……."
바스커빌가의 차남이 태어나서 누군가한테 진심으로 사과한 적이 있겠는
가? 모두가 그의 앞에서 저절로 고개를 숙이기만 했다.
해롤드는 간신히 말했다.
"그동안…… 내가 미안했어."
"……."
해롤드의 사과에 로하네스는 깜짝 놀란 얼굴을 했다.
"정말 미안했어."
서툴지만 진심이었다.
"그동안 너한테 심했던 것 같아."
병상에서 해롤드는 내내 후회하며 곱씹었다. 좀 더 잘해 주지는 못할망정, 그

간 제가 로하네스에게 한 일이 장난이 아니었다. 자신이라도 싫을 것이다. 미울 것이다.

"난 네가 날 그렇게 생각하는 줄 몰랐어."

사실은 모르지 않았지만 해롤드는 변명했다.

"······."

그의 말에 로하네스는 여전히 두 눈을 깜박깜박 뜨기만 했다.

'무슨······ 말이라도 해 봐.'

해롤드는 제 사과를 전혀 이해하지 못하는 그녀의 반응에 불안하고 초조했지만, 겨우 한 말이 이것이었다.

"그동안 네가······ 아무튼 내가 사과할게. 사과 받아 줄 거지?"

다행히도 그 말에 로하네스는 고개를 끄덕였다.

"그러니까 아무튼 내가 미안했고······ 아, 진짜 무슨 소리 하냐."

그다음 한 말이 전혀 생각이 나질 않는 것을 보면, 해롤드는 머리가 새하던 것 같다. 기억에 남은 것이라곤 아무것도 없었다.

원래 이렇게 멍청하고 둔하진 않았다. 집안의 모든 둘째가 그러하듯, 해롤드는 눈치가 빠르고 똑똑했다.

'이제 어쩌지? 사과는 받아 준 것 같은데.'

해롤드 자신도 그런 점을 꽤 높이 사는 편이었다. 하지만 무슨 일이든 로하네스만 끼면 정말 얼마나 바보가 되는지 몰랐다.

'친해지려면 대체 어떻게 해야 할까?'

다급한 마음이 해롤드의 두 눈을 가렸다.

'내 마음을 받아 주게 하려면 뭘 어떻게 하면 좋아?'

「영화 티켓이 두 장 생겼는데, 같이 보러 갈래?」

해롤드가 선택한 것은 평범하다면 평범한데, 둘 사이에 기본적으로 호감이 깔려 있어야 먹힐 방법이었다. 그리고 해롤드로서는 무척이나 동상이몽이었던 몇 주가 흘렀다.

"로하네스?"

"흐어어어어엉……."

오페라의 내용에 너무 감동했는지, 로하네스가 갑자기 엉엉 울었던 어느 날 이후의 일이었다.

"해롤드?"

"왜?"

요즘 들어 로하네스와 연락이 잘 되지 않아 초조해하던 해롤드를 알렉산더가 불러 앉혔다.

"쉴라 가문의 '특성과 종족 없는 의사회'에서 바스커빌 그룹의 후원을 거절하겠다는 공문을 보내왔는데, 그 이유가 무엇이라고 생각하니?"

"……어?"

"로하네스한테 무슨 짓을 저질렀어, 해롤드?"

상황은 지금에 이르렀다.

"내가? 내가 로하네스를 괴롭혀? 이제 와서? 내가 왜?"

해롤드는 전후 사정을 듣고 나서 기겁했다.

"우린, 우린 그냥 데이트한 거야……."

"로하네스도 네 생각에 동의했니?"

"동의했다마다!"

해롤드는 소리야 쳤지만, 막상 자신이 없어져 풀이 죽었다.

잘 모르겠다.

"……."

팔짱을 낀 알렉산더는 묘한 표정이었다. 그의 얼굴에는 이렇게 쓰여 있었다.

'아닌 것 같은데.'

스트레스가 폭발한 날 밤, 로하네스는 엉엉 울었다.

"저 해롤드 때문에 못살겠어요! 학교 안 갈래요. 가기 싫어요!"

로하네스는 참아 왔던 지금까지의 일을 다 일러바쳤고, 그녀의 말은 이제야 심각하게 받아들여졌다. 로하네스의 부모님은 걱정스러운 얼굴로 서로를 바라 보았다.

"저 정말 전학 가고 싶어요. 해롤드의 얼굴을 다시는 보고 싶지 않아요."

괴롭힘을 당한 세월도 이제 10년이 넘었다. 그녀는 더 이상 해롤드를 만나고 싶지가 않았다.

엄마가 걱정스러운 얼굴로 로하네스를 끌어안았다.

"그래그래, 알았다. 그동안 이 일을 알아주지 못해서 미안하다."

그리하여 부모님이 그녀가 전학 갈 학교를 알아보는 동안, 로하네스는 병가 를 내고 휴식 시간을 가지기로 했다.

「몸은 어때? 괜찮아?」

고양이 쥐 생각 한다고, 해롤드한테 이따금 전화나 메시지가 왔다.

「아프다며? 얼마나 아픈데? 내가 병문안이라도 갈까?」

하지만 로하네스는 더 이상 스트레스를 받지 않았다. 이 악연에 종지부를 찍 고, 그를 다시는 안 만날 예정이었기 때문이었다.

그런데 며칠 뒤의 일이다. 바스커빌가에서 사람이 왔다.

"로하네스, 바스커빌가에서 네게 사과하고 싶다고 사람이 왔는데……."

부모님이 그녀의 방문을 두드렸다.

"해롤드면 진짜 안 만나고 싶어요."

"그 애는 아니란다."

"그럼 누군데요?"

"그게……."

"안녕."

방 밖에서 낯선 사람의 목소리가 들렸다.

"혹시 나 기억하니?"

그 말에 로하네스는 침대에서 일어났다. 짐작 가는 사람이 있었다.

"해롤드의 형이야. 동생의 무례에 대한 사과를 하러 왔는데, 잠깐 들여보내 주지 않겠니?"

그리고 그 짐작은 얼추 맞아 들었다.

"나는 알렉산더 바스커빌이라고 한다."

방문객은 바스커빌 가문의 장자, 알렉산더 바스커빌이었다. 부모님으로서는 도저히 그냥 돌려보낼 수 있는 상대가 아니었을 것이다.

"혹시 괜찮으면 문을 열어 주겠니?"

그 말에 로하네스는 침대에서 일어나 방문을 열었다.

"안녕?"

모자를 가슴에 댄 은발의 늑대 청년이 다시 한번 인사하며 웃었다.

"나 기억하니? 넌 정말 예쁘게 컸구나."

로하네스는 그의 형을 싫어하진 않았다.

"저런, 해롤드가 널 또 괴롭혔니? 애가 마음은 그렇지 않을 텐데 대체 왜 이럴까?"

어린 로하네스를 안아 올려 둥기둥기 달래 주던 청년을 그녀는 아직 기억하고 있었다.

"음, 아이스크림 먹을래?"

저택에서 해롤드한테 괴롭힘을 당할 때마다 그걸 막아 주던 유일한 사람이었다.

"선물을 좀 가져왔는데, 괜찮으면 응접실에서 얘기 좀 할까?"

로하네스가 문을 열어 주자 알렉산더는 방긋 웃고는 그녀를 밖으로 불러냈다.

"……."

하지만 막상 무슨 말을 들을지 몰라 불안하기도 했다. 로하네스는 어색했다.

'화해하라고 할까?'

공부를 이유로 바스커빌가의 초대장을 거절하게 된 이후, 그의 형은 좀처럼 보질 못했다.

'난 화해하기 싫은데.'

"해롤드가 지금까지 널 괴롭혀 온 건 내가 더 잘 알지."

차를 한 모금 마신 알렉산더가 말했다.

"미안하다. 그걸 사과하러 왔어. 내 동생은 어떻게 그렇게 너한테 못된 짓을 했을까?"

"……."

"많이 힘들었지?"

그 순간 로하네스의 눈에서 눈물 한 줄기가 주륵 흘렀다.

쉴라 가문과 로하네스에게 줄 온갖 선물을 준비해 그녀의 가문을 방문했던 알렉산더가 돌아와 해롤드한테 말했다.

"로하네스와 연애를 하고 말고는 네 자유지만, 이 일은 기업 문제로 비화될 수도 있잖니?"

"……."

그의 말에 해롤드의 얼굴이 붉어졌다.

"생각보다 상황이 심각하더라."

"……."

알렉산더가 쓴웃음을 흘렸다. 해롤드는 뭐라고 반박을 하고 싶었지만, 무슨 말을 해야 할지 알 수가 없었다.

"상대가 싫어하는 걸 강요하는 건 폭력이야. 네가 초조하고 조급한 건 알겠지만 말이다. 로하네스 입장에서 생각 좀 해 보렴."

알렉산더는 푹 하고 한숨을 내쉬었다.

"바로 얼마 전까진 자길 괴롭혔던 남자아이가 갑자기 돌변해서 친해져 달라고 애원하는 게, 너라면 이해가 되겠니?"

해롤드는 여전히 알렉산더의 말을 인정하고 싶지 않았다.

'아냐. 사과도 했고…… 우리 친해지지 않았나?'

원래 나쁜 예감이나 예상은 믿을 수 없을뿐더러, 믿기도 싫은 것이다.

'로하네스의 입으로 듣고 싶어.'

그래서 로하네스가 다시 학교로 오게 되자마자 득달같이 달려들었다.

"몸은 좀 나았어?"

"응."

살짝 야윈 모습의 로하네스는 전과 좀 달라져 있었다.

"다행이다."

해롤드는 안절부절못하다가 말을 꺼냈다.

"우리 얘기 좀 할까?"

궁금한 게 너무나 많았다.

"내가 왜?"

그러나 로하네스가 말했다.

"나 너 싫어."

"……."

"너희 형한테 아무 말도 못 들었어? 나한테 앞으로 말 걸지 마."

해롤드는 그 말에 망부석처럼 굳었다.

"너라면 좋겠니? 생각을 해 봐."

로하네스가 말했다.

"너 그동안 나 엄청 괴롭혔잖아. 모르겠다고, 아니라곤 하지 못하겠지?"

"……."

"너랑 화해하고 싶지 않아. 친구도 하기 싫고. 그러니까 앞으로 나한테 다가오지 마. 알았어?"

털썩.

"해롤드?"

그 순간 해롤드는 충격으로 쓰러졌다. 사랑이란 문제에 있어서 이 집안은 얼마나 개복치인지 몰랐다.

"깨어났니?"

해롤드가 깨어났을 때에는 '가지가지 하는구나.' 하는 얼굴의 알렉산더가 있었다.

알렉산더 바스커빌은 사과와 함께, 로하네스의 전학을 만류하러 온 듯했다.

"만약 전학을 가더라도 해롤드가 가야지 네가 가야겠니? 네가 이 일의 피해

자인데 말이야. 해롤드는 내가 단단히 단속하마."

알렉산더의 말이 맞긴 했다.

"팔은 안으로 굽는다고 하지만, 이런 부탁을 하는 내가 얼마나 염치없는지 알아."

해롤드의 형은 말을 멈추고 깊은 한숨을 내쉬었다.

"이번 일은 도저히 해롤드의 편을 들지 못하겠구나. 해롤드가 네게 얼마나 잘못했는지는 내가 잘 알지."

그도 이 일이 골치가 아픈 듯했다.

"앞으로 이런 일이 재발하지 않도록 노력할 테니, 전학은 한 번 더 생각해 주지 않겠니?"

"……."

"우리 기업은 늘 쉴라 가문이 하는 일을 지지해 왔단다. 해롤드의 잘못으로 가문 간의 우호관계를 깨뜨리고 싶지 않아."

그건 로하네스도 마찬가지였다. 그러니 지금까지 해롤드가 하는 짓을 꾹꾹 눌러 참은 게 아닌가.

"내가 다시는 내 동생이 널 괴롭히지 못하게 할 테니……."

"그런데 걔는 나한테 왜 그랬대요?"

로하네스는 눈물을 옷소매로 꾹꾹 찍어 내며 알렉산더의 말을 끊었다.

"……."

그는 난처한 표정을 지었다.

'진짜 걔 나한테 왜 그랬대?'

수없이 생각했다. 자신이 대체 뭘 그리 잘못했단 말인가?

'내 어디가 그렇게 마음에 안 들었는데?'

분노하거나 화내는 것도 에너지가 많이 드는 일이다.

'어떻게 10년이나 그래? 정말 걔 미친 거 아니니?'

그게 로하네스로서는 가장 이해가 되지 않는 부분이었다.

로하네스를 괴롭히고 심한 장난을 쳤던 건 맞다. 하지만 이제 로하네스가 자기더러 말도 걸지 말란다.

"으어어어어엉……."

해롤드는 그날도 많이 울었다.

"어떡하면 좋아아……."

도대체 앞으로 로하네스한테 어찌해야 하는지 알 수가 없었다. 캄캄했다. 미래가 보이질 않았다.

바스커빌 가문의 특성이 괜히 저주라 불리는 것이 아니다. 로하네스의 사랑을 얻지 못하면, 해롤드는 정말로 죽고야 말 것이다. 그런데 로하네스는 자신을 싫어한다.

해롤드는 절망했다. 이제 자신은 어떻게 된단 말인가?

'난 진짜 이제 어떡하면 좋아?'

그렇게 진작 잘하면 좋았을 것이다. 이점은 예전에 그의 얄미운 동생, 로만 바스커빌도 지적한 바가 있었다.

"그렇게 괴롭혀 놓고 지금 와서 좋다고 한들, 기쁘다 할 사람은 아무도 없어."

알렉산더는 한숨 섞인 목소리로 이리 충고했고 말이다.

"그렇게 내 말 들었어야지. 천천히 신뢰부터 쌓아 올려서 너 없이는 아무것도 되지 않게 만들었어야지."

이 충고만큼 해롤드의 성미에 맞지 않는 게 없었다.

'차라리…….'

좋은 방법이 결코 아니란 걸 알면서도, 해롤드는 차라리 로하네스를 납치하는 게 역시 제가 사는 지름길이 아닐까 싶었다.

'일단 저질러 보면 나중이라도 내 마음을 알아주지 않을까?'

로하네스를 저보다 사랑할 사람은 없을 것이다. 하지만 이미 저에 대한 평가가 바닥을 찍은 지금, 이 마음을 어떻게 증명한단 말인가?

납치 말고는?

해롤드는 로하네스가 알면 어이가 없다 못해 쓰러질 만한 생각을 했다. 좋은 방법이 아니란 건 알지만, 당장 죽을 것 같은데 어떡하겠는가?

'로하네스가 보고 싶어. 보고 싶어 죽겠어.'

해롤드는 한낮에도 한밤중에도 마음이 불타는 것 같아 괴로워하다 결국, 한밤중 알렉산더에게 도움을 요청했다.

"나 진짜 어떡하면 좋아? 형은 알잖아. 뭐라도 방법을 알고 있으니까 지금 나 죽는데 이렇게 뒷짐을 지고 있는 거잖아?"

해롤드로서는 하나뿐인 형인데다, 이 가문에서 그가 만날 수 있는 유일한 승리자였다. 적어도 마르셀과 평탄하게 연애하고 있었으니 말이다.

"나 정말 로하네스를 납치해야 하는 거 아니야?"

"그것도 방법 중에 하나기는 하지."

알렉산더는 고개를 절레절레 저었다.

"내가 상황을 살펴본 바로도 너한테 남은 선택지가 그것밖에 없는 것 같지만, 시대가 많이 바뀌었단다. 내가 전에 말하지 않았니?"

"그럼 날더러 어떡하라고?"

해롤드는 울부짖었다.

"걘 날 남자로 보기는커녕 경멸한다고. 이렇게 주저앉아서 로하네스가 다른 남자와 사귀다 결혼까지 하는 꼴을 지켜보라는 거야?"

그러기에 진작 잘해 주었으면 좋았을 것이다.

"그래."

'그러기에 잘하지 그랬니?' 하는 얼굴로 알렉산더가 말했다.

"그러는 한이 있어도 지금은…… 기다려야지."

"……."

"사랑은 어쩌면 돈으로도 살 수 있고, 구걸이나 연민이란 감정을 이용해 얻어 낼 수도 있지만, 협박만큼은 안 돼. 그건 좋은 방법이 아니야."

알렉산더의 충고에 해롤드의 얼굴이 창백해졌다.

"왜 로하네스의 마음이 네 것도 아닌데 내놓으라 떼를 쓰니? 정말 원하는 것을 얻으려면 몸을 낮추고 때를 기다릴 줄도 알아야지, 해롤드."

알렉산더가 말했다.

"네가 지금처럼 안달복달할수록, 로하네스는 널 경계하며 멀어지기만 할 거란다. 네가 전에 저질러 봤으니 더 잘 알지 않니?"

해롤드는 가만히 있기만 해도 시선을 끌었다. 그러니 로하네스의 말에 얼굴이 창백해지더니 쿵, 하고 쓰러진 그의 모습은 학교에서 꽤 화제가 되었다.

"해롤드와 싸운 거야?"

그녀와 친한 몇 명은 조심스럽게 해롤드와의 일을 묻기도 했다.

"대체 무슨 말을 한 건데?"

"나도 잘 모르겠다니까…… 별말을 한 것도 아니었는데."

로하네스로서는 정말 별말 아니었다. 그저 전보다 더 용기를 냈을 뿐이었다.

'싫다고…….'

싫다고 말이다.

로하네스는 해롤드가 정말 싫었다. 그리고 그걸 본인도 당연히 아는 줄 알았다.

'정말 그냥 싫다고 한 것뿐인데 왜 그래?'

당연히 싫지 좋겠나. 게다가 그 싫음의 일부에는, 분명 해롤드도 자신을 싫어한단 생각이 포함되어 있었다.

'이제 와서 마치 아무것도 몰랐던 것처럼 구네.'

그래서 로하네스는 해롤드의 변화가 더 당황스러웠다.

"우리 가문 모두가 이 일을 반성하고 있고, 절대로 가문 간의 문제로 비화시키고 싶지 않단다."

알렉산더는 병문안을 왔을 때 그렇게 말했다. 그 말이 로하네스로서는 지금까지 짊어지고 있던 부담감을 한시름 덜게 해 주었다.

"내가 제대로 단속했어야 하는 건데, 지금이라도 제대로 목소리를 내 줘서 고맙다. 앞으로 이런 일은 없을 테니, 우릴 용서해 주겠니?"

생각해 보니, 이제 1년만 더 지나면 대학에 간다.

해롤드 뒤의 가문만 아니라면, 도망치듯 전학 갈 필요가 없는 것이다. 그래서 로하네스는 이 학교에 남기로 했다.

'그런데 걘…… 정말 나한테 왜 그랬을까?'

하지만 해롤드의 이상한 행동에 대한 궁금증이 모두 사라진 것은 아니었다.

"그런데 걔는 나한테 왜 그랬대요?"

로하네스의 물음에 바스커빌 가문의 장자는 못내 난처한 표정을 지었다.

"우선 내가 지금 하는 이야기는 너만 아는 비밀로 해 주렴."

그 말에 로하네스는 고개를 끄덕였다. 그러자 알렉산더의 표정은 훨씬 더 어두워졌다.

"이 이야기를 들으면 무척 화가 날 테고, 믿기지도 않겠지만 말이다……."

알렉산더가 본론으로 들어가기 전에 운을 뗀 것처럼, 그다음 말은 로하네스로서는 뭐 돼먹지도 않은 내용 같았다.

"해롤드는 아주 오래전부터 널 좋아해 왔단다."
"……."
"사랑한다고 해야 하나? 아직 너한텐 너무 무거운 단어겠지. 하지만 해롤드는 널 아주 많이 사랑해 왔어."
'이게 무슨 소리야?'

로하네스는 저도 모르게 질색하는 표정을 지었다. 그도 그럴 게, 누가 좋아하는 애한테 그렇게 군단 말인가?

"무슨 말씀을 그렇게 하세요?"

이해가 되지 않았다.

"물론 어이없는 이야기지. 하지만 사실인 것을 어쩌겠니. 내가 좀 더 잘 가르쳐야 했는데 가정교육이 덜 된 바람에, 정말 미안하구나."

알렉산더가 로하네스의 마음을 십분 이해한다는 얼굴로 말했다.

"변명하는 건 아니지만, 오해를 풀기 위해 말하자면…… 그 애는 오랫동안 그 누구의 관심도 받지 못해 왔단다."

로하네스는 그 말에 움찔했다.

"위로는 내가 있고 아래로는 막내인 로만이 있지. 게다가 우리 부모님은…… 오랫동안 우리한테 부모 역할을 제대로 하지 못했어."

알렉산더는 무척 겸연쩍은 표정으로 사과했다.

"해롤드의 성격이 비뚤어진 건, 내가 제대로 가르치지 못한 탓이라고 생각한단다. 그래서 지금 이 자리에 부모님 대신 내가 있는 거지."

알렉산더는 진지해 보였다. 한 가문의 수장이 이리 저자세로 나오는데, 로하네스는 더 이상 그의 말을 반박하거나 고개를 저을 수가 없었다.

"해롤드가 네게 한 일은 심각한 폭력이고 어떤 변명도 할 생각이 없지만, 해롤드는 비뚤어진 방법으로 네 관심을 받기 위해 애써 온 거야."

알렉산더는 로하네스의 눈치를 보며 민망해했다.

"그러니까 앞으로 너 하고 싶은 대로 하렴. 그 애가 입만 거칠지, 막상 네가 무슨 짓을 하든, 너한테 꼼짝도 하지 못할 테니까."

그래서 실제로 해 보았더니, 효과가 좋아도 너무 좋았던 것이 문제였다.
"해롤드? 해롤드? 괜찮아? 어?"
쓰러진 해롤드가 보건실로 옮겨진 후, 소식을 들어 보니 나중에 그의 집안에서 그를 데려간 것 같았다.
'무슨 일 나는 것 아닐까?'
바스커빌가 장남이 그리 말은 했어도 눈에 보이지 않는 불이익이 있지 않을까 로하네스는 떨었다.
'우리 가문 사업 지원 끊는다고 난리 나는 거 아니야?'
하지만 아무 일도 일어나지 않았다. 알렉산더의 말대로 말이다.

그리고 그 사건 이후, 해롤드는 어쩐지 풀이 아주 많이 죽은 것 같았다. 전처럼 시비를 거는 일도 없을뿐더러, 뭘 같이 보러 가자고 귀찮게 굴거나 불러내지도 않는다.
어쩌면 제 형에게 한 소리를 들은 건지도 모르지만, 이전이라고 뭐 듣지 않았겠는가?
'아예 귀찮게 굴지 않을 생각인가?'
같은 반이라, 이따금 자신의 뒤에 앉은 해롤드의 시선을 느낄 때가 있었다. 하지만 고개를 돌려 보면, 그는 다른 곳을 쳐다보고 있었다.
"……."
그러면 로하네스는 이상하게 마음이 싱숭생숭했다. 괴롭힘이 사라진 게 아쉽거나 섭섭한 것은 절대로 아니었다.

'날 그리 오래 좋아했다면서?'

생각해 보면 오랜 시간 묘하게 근처를 맴돌며 질척거렸지. 스트레스를 아주 많이 받았지만, 딱히 그리 심한 짓을 한 것 같지도 않다.

'짜증이야 엄청 났지만 말이야. 유치하고 치졸했지, 진짜.'

로하네스는 천성이 나쁘지는 않아서, 해롤드가 저자세로 나오자 묘하게 마음이 녹았다.

'그런데 해롤드의 형이 한 말이 진짜인가?'

아니, 녹았다기보다는…… 점점 더 궁금해졌던 것 같다.

'걔가 날 정말로 좋아했을까? 그럼 지금은? 지금은 어떻게 된 건데?'

하지만 그 궁금증이 군이 해롤드를 붙잡고 '너 진짜 나 좋아했어?' 하고 물어볼 정도로 강렬했던 건 아니었다.

'이 악연은 이렇게 끝나는 걸까?'

다음 해에도 둘은 여전히 같은 반이었다. 하지만 해롤드가 전처럼 그녀를 괴롭히거나 말을 거는 일은 없었다.

그러니 그해 겨울, 해롤드가 먼저 다가오지 않았더라면, 로하네스의 궁금증은 영원히 의문으로 남았을 것이다.

"졸업 파티?"

"싫어?"

지금까지 같이 가자고 하는 남자가 없어 가지 못했던 파티였다.

"그냥…… 별거 아니야. 춤만 몇 번 춘 다음에, 집에 가고 싶으면 가도 돼."

그걸 지금 해롤드가 권하고 있었다. 아주아주 오랜만에…… 그녀를 학교 교정 뒤편의 동백나무 아래로 불러내 말이다. 나무의 잎은 다 떨어져 붉은 꽃도 다 잃고, 가지만이 바늘처럼 앙상했다.

"널 파트너로 데려가고 싶어."

파티…… 아마 그 선배와 지금까지 사귀고 있었더라면, 그 선배가 파트너가 되었을 수도 있었겠다.

'이제 와서 날?'

하지만 지금 로하네스의 앞에 있는 것은 해롤드 바스커빌이었다.

"진짜 나한테 같이 가자고 한 거 맞아?"

"……."

로하네스는 되물으며, 그럼 그동안 해롤드는 이런저런 파티에 누구와 갔을까를 생각했다.

'날 오랫동안 좋아했다면서 말이야.'

지금까지 관심이 없어 몰랐고, 궁금하지도 않았다.

"진짜 나랑 가자고?"

해롤드가 아무 대답도 하지 않아 로하네스는 한 번 더 물었다.

"그래, 싫으면 말고."

그가 한참 뒤 고개를 숙인 채 답했다.

"……."

로하네스는 해롤드의 퉁명스러운 대답에 그를 빤히 바라보았다.

"강요는…… 아니야."

네가 무슨 말을 해도 상관없다는 식의 목소리와는 다르게, 해롤드는 떨고 있었다. 그게 이제 로하네스의 눈에 보였다.

"뭐…… 그래."

곰곰이 생각하던 로하네스는 말했다.

"뭐?"

"그러자."

"……."

135

"같이 가자. 네가 원하는 게 그거잖아. 그렇지?"

로하네스는 대답하면서도, 자신을 바라보는 해롤드의 얼굴이 너무 창백해 또다시 쓰러질까 걱정이 되었다.

1년쯤 흘렀나? 로하네스는 그동안 해롤드 바스커빌을 찬찬히 관찰하는 시간을 가졌다.

'생각보다…… 반반하게 생겼네.'

시비를 걸지 않고 얌전히 있으니 좀 나아 보였다. 키도 훤칠하니 컸고 말이다.

'얌전하게 있으니까 얼마나 나아.'

수업 시간, 로하네스는 턱을 괸 채 저보다 앞에 앉은 그의 등을 바라보며 생각했다. 로하네스가 보기엔 해롤드는 긴긴 자숙의 시간을 가지는 듯했다.

'가만히 있으니까 좋긴 좋은데…….'

그 기간은 얼마일까? 처음엔 얼마 가지 않을 거라 생각했다.

'쟤가 또 시비를 걸진 않을까?'

하지만 해롤드가 저를 괴롭히지 않은 지 한 달이 되고 두 달이 되자, 이제 영영 자신을 괴롭히지 않을 건가 하는 생각이 들기 시작했다.

'나야…… 얼마나 좋아?'

로하네스로서는 무척 잘된 일이었다. 잘된 일이고말고. 인생에서 눈엣가시가 사라지자 마음이 얼마나 가볍고 들뜨는지 몰랐다.

'밖으로 불러내는 사람도 없으니 귀찮은 일도 없고.'

한동안은.

"……."

그리고 로하네스는 곧 심심해졌다. 그 시간을 휴식이나 공부로 다 메울 수 없을 만큼. 생각해 보면 제 아무리 시끄러운 배경 음악이라고 해도, 귀에 익기만 하면 별것 아니게 느껴지기 마련이었다.

'쟨 대체 무슨 생각일까? 지금은 무슨 생각을 하고 있을까?'

로하네스로서는 10년을 귓가에 흐르던 배경 음악이 갑자기 뚝 끊긴 것과 같았다.

'날 좋아한다고 제 형한테 말한 건…… 핑계겠지?'

그녀로서는 진짜 이해할 수 없는 이유였다.

'진짜 네가 날 좋아해? 그냥 되는 대로 한 변명이겠지. 말도 안 되는 말이야.'

제가 누군가를 좋아한다면…… 아주 많이 잘해 줄 것 같았다.

'내가 만약 누군가를 좋아한다면 말이지.'

오랜 시간을 들여 일거수일투족을 관찰한 다음 좋아하는 것, 재미있어하는 것을 알아내 그걸 해 줄 것 같았다.

'……쟤처럼은 안 할 거야.'

적어도 해롤드가 제게 한 방법을 쓰지는 않을 것 같았다.

'그냥 날 싫어했던 거겠지. 그런데 그럼…… 내가 자길 싫어한다는 말엔 왜 충격받았던 걸까?'

지금까지 로하네스한테 해롤드는 눈엣가시 외에 아무것도 아니었다. 그런데 아이러니하게도, 그는 이제 그녀의 관심을 독차지하게 되었다.

'아무리 생각해도 모르겠다.'

깨달아 보면 이번엔 로하네스의 눈이 해롤드를 좇고 있었다.

'물어보면 혹시 알려 줄까?'

가끔은 다가가 말을 걸고 싶을 정도로 그의 생각이 궁금했다.

'지금 나에 대해 무슨 생각을 하는지?'

바스커빌 가문에는 꽤 로맨틱한 전설이 내려오는데, 제 마음에 맞는 짝을 한 번 만나기만 하면 평생을 해로한다는 것이었다. 로하네스도 그 전설에 대해선 조금 알고 있었지만, 해롤드한텐 통용되지 않는 것 같았다.

'쟤는 바람둥이 같아.'

지금까지는 워낙 싫어해서 생각해 본 적도 없지만, 해롤드 바스커빌은 입만 다물고 저에게 시비만 걸지 않는다면…….

'뭐……. 얼굴도 반반하고 그러니까 좋아하는 애도 많겠지. 성격이야 더럽지만, 그런 걸 또 좋아하는 애도 있으니까.'

로하네스가 보기에도 꽤 인기 있을 만한 남자였다.

애초에 사람의 마음은 얼마나 쉽게 바뀌는가? 청소년기엔 더더욱 말이다.

'그러고 보니까 우리 역사도 오래되었지.'

그러는 사이 시간은 흘러 흘러 졸업 시즌이 되었고, 로하네스는 원하는 대학의 합격통지서를 받았다. 그럼 이제 해롤드와는 정말 이대로 바이바이인 것일까?

'이상하게 싱숭생숭하네.'

아니면, 해롤드는 전처럼 어떻게든 저를 따라올까 궁금하던 때였다. 해롤드가 졸업 파티 파트너로 그녀를 선택한 것은.

"같이 가자. 네가 원하는 게 그거잖아. 그렇지?"

로하네스는 막상 허락은 쉽게 해 놓고 의심했다.

"그런데 너…… 이러고 당일 날 안 나타나려는 건 아니지? 아니면, 데려가 놓고 망신 주거나?"

물론 나타나지 않는다고 해도 그리 대미지야 입지 않겠지만. 해롤드가 저를 괴롭힌 게 하루 이틀 일인가? 의심할 만도 했다.

"……안 그래."

로하네스의 물음에 해롤드의 두 눈동자가 마구 흔들렸으나, 대답은 짤막했다.

"그럼?"

로하네스로서는 궁금했던 걸 물을 기회였다.

"나랑 왜 같이 가려고 하는데?"

정말 궁금했었다.

"왜 나야?"

그의 형이 제 집으로 찾아와 말해 주었음에도 해결되지 못한 궁금증이었다.

―너 날 좋아했어? 대체 언제부터?

―내 뭐가 그렇게 좋았는데?

―그 마음이 대체 언제까지 간 건데?

―지금도 내가 좋아? 그러니까 지금 내 앞에 있는 거니?

안 그래도 푸르를 만큼 창백했다 데친 토마토처럼 새빨개진 해롤드가 도망가 버릴 것 같아서, 거기까진 묻지 못했지만 말이다.

고등학교 졸업식을 남겨둔 해, 해롤드는 못내 답답했다. 답답해서 아주 미쳐 버릴 지경이었다.

"이러다 정말 나…… 죽어 버리고 말 거야."

장난이 아니었다. 일단은 알렉산더의 조언에 따라 로하네스한테 접근하지는 않고 있었으나, 애가 타 죽을 것 같았다.

로하네스가 갖고 싶다. 로하네스의 사랑을 받고 싶다. 다른 그 누구도 아닌 로하네스의 마음을 얻고 싶다.

마음을 인정하자마자 로하네스가 꿈속에 등장하는 것은 예사였고, 혹시나 그녀에게 좋아하는 남자가 생길까 봐 불안해 견딜 수가 없었다.

그 때문에 그해, 두 사람이 다니는 고등학교에서는 로하네스와 같은 특성을 가진 남학생들의 전학이 유독 자주 일어났다. 정말로 그녀가 이상하게 생각하지 않아서 다행이었다.

"정말 가지가지 하는구나."

"그럼 나더러 어쩌란 말이야?"

특성이 상관없는 세상이 되었다지만, 사람들은 비슷하고 편한 것에 끌리기 마련이었다.

"로하네스한테 다가가지도 말고 말도 걸지 말라며. 올해 끝나면 고등학교도 끝나고 대학 가는 거 알지?"

게다가 호감도도 바닥인 마당이었다. 해롤드는 알렉산더의 조언이 도무지 이해되지 않았다.

"어차피 대학도 따라갈 생각이면서 왜 1년을 못 참아?"

알렉산더는 제 동생의 성급함에 혀를 찼다.

"기다려. 로하네스가 너한테 가진 미움이 희석될 때까지."

"아니, 나 정말 반성했는데……."

"전처럼 왕왕 짖고 물려고 들면 널 누가 좋아해 주겠어? 로하네스도 말했다면서? 말 걸지 말고, 다가오지 말라고."

"……."

그 말에 해롤드는 그만 풀이 죽었다.

"그럼 로하네스의 말을 들어줘야지. 그러니까 1년이건, 2년이건 기다려. 그래야 기회라도 오지. 상황을 어렵게 만든 건 너야."

틀린 말은 아니었다.

'자기 일 아니라고…… 말 쉽게 하지.'

아니었지만…….

이대로는 죽도 밥도 되지 않을 것 같단 불안감에 해롤드는 1년 내내 정신을
차릴 수 없었다.

로하네스가 유수의 명문대 화학과로 진로를 선택한 것은, 의학자는 되지 못
하더라도 가문의 일을 돕고 싶어서였다.

싸고 좋은 약을 만들고 싶었다. 전 세계에서 질병으로 신음하는 사람들을 도
울 수 있는 약 말이다.

'공부하면서 알게 된 건데…… 이 일엔 지원이 필요해.'

많은 사회적 기업이 바스커빌 그룹을 비판하면서도, 결국 그들과 공생 관계
를 유지하는 것은 아마 그 때문일 것이다. 그리고 해롤드는 그 기업을 이끄는
가문의 둘째 아들이었다.

'해롤드…… 생각보다 더 대단한 애였네.'

어린 나이에 경영 일선에 알음알음 참여하고 있다던가.

'걔가 날 좋아했다고?'

그런 애가 그리 오랜 시간 동안 제게 유치한 장난을 쳐 왔다니, 지금 생각해
보면 믿기 어려운 일이었다.

'아무튼…… 지금 생각하면 꿈같은 얘기야.'

그런 해롤드가 저를 졸업 파티의 파트너로 선택했다. 로하네스는 '분명히 이
건 뒤에 뭔가 있다.' 하며 의심했지만, 파티 당일 해롤드는 아주 얌전한 모습으
로 나타났다.

"……."

턱시도를 입은 채, 바스커빌가의 문장이 박힌 아주 큰 차를 타고 말이다.

"안녕?"

차에서 내린 해롤드가 뻣뻣한 목소리로 말했다.

"……."

로하네스는 말없이 그의 올백 머리를 바라보았다.

"안녕."

그리고 어색하게 인사했다.

부모님께는 미리 해롤드와 오래전에 화해했다고 말해 두었지만, 실은 그런 적 없다.

'그런데 왜 난 얘의 초대에 응했을까?'

로하네스는 반신반의하면서도 이날을 위해 예쁜 은회색 드레스를 사 두었다.

"오늘…… 예쁘다."

해롤드는 추운지 어쩐지, 꽤 떨리는 목소리로 그녀의 손목에 은방울꽃으로 장식한 밴드를 채워 주었다.

그래서 간 졸업파티는 말이지.

역시 재미있진 않았다. 애초에 로하네스는 공부만 하느라 별로 춤을 춰 본 적도 없었다.

"윽!"

"미안해. 미안해."

그러니까 춤을 추다 해롤드의 발을 거의 십여 차례 밟은 건 일부러가 아니었다.

'화내려나?'

하지만 해롤드는 빈정거리지조차 않았다.

'화 안 내네?'

로하네스는 해롤드의 어깨를 어색하게 끌어안은 채 생각했다.

'그런데 얘 발뼈 부러진 거 아냐?'

해롤드가 키는 저보다 컸지만 훨씬 말라 보였기 때문에 로하네스는 좀 걱정이 되었다.

아무튼 그날은 그들을 빼곤 다들 신나 보였다. 돈이 넘쳐나는 사립학교였기 때문인지 인기 있는 밴드도 불러, 파티의 참석률이 엄청났다.

'더워.'

춤을 서너 번 췄을 뿐인데 로하네스는 땀투성이가 되었다. 파티 장소로 사용된 강당은 창문을 열어 뒀지만, 그래도 열기를 식히기는 부족했다.

"해롤드."

"응?"

북극곰 특성인 로하네스로서는 이 더위를 견딜 수 없었다.

"우리 나갈까?"

"어?"

그러니까 해롤드한테 밖으로 나가자 물은 것은 단지 찬바람을 쐬고 싶어서였다. 계단으로 향하는데, 이날을 위해 산 드레스 자락이 바닥에 질질 끌렸다.

해롤드가 말했다.

"내가 뒤에 잡아 줄게."

"고마워."

오랜만에 대화를 나누니, 해롤드는 꽤 철이 든 것 같았다. 밖으로 나가자 그들처럼 산책을 하는 몇몇 커플들이 보였다.

"어디 가서 좀 앉을까?"

해롤드의 말에 로하네스는 고개를 끄덕였지만, 적당한 벤치는 이미 다른 커플들이 차지하고 있었다. 둘은 결국 공터 구석의 그네에 앉았다.

"별 이쁘다."

그네에 앉으니 자연스럽게 밤하늘이 보여 로하네스는 무심코 말했다.

"그러게."

해롤드는 동의했다. 그리고 대화가 뚝 끊겼다.

"……."

"……."

애초에 그리 친한 사이가 아니었다. 할 말이 없었다. 로하네스는 하늘만 한참 바라보았다. 별이 반짝였다.

이 순간 로하네스가 해롤드한테 던질 수 있는 질문은 이것밖에 없는 듯했다.

"그런데 나 궁금한 게 있어."

로하네스가 물었다.

"뭔데?"

해롤드가 고개를 갸웃거렸다.

"너 정말 나 좋아했니?"

"……."

"좋아해서 나 따라다니며 괴롭혔니?"

"……."

"언제부터?"

코웃음 치며 '내가? 널 왜?' 하고 비웃을 줄 알았지만, 해롤드는 입을 벌린 채 말을 잇지 못했다.

"아니면 아니라고 해도 돼. 그런데 언제부터?"

로하네스가 계속해서 물었지만, 해롤드한텐 잘 들리지 않는 듯했다.

"……."

"……."

다시 침묵이 흘렀다. 해롤드의 얼굴이 뻥, 하고 터질 것 같아서 로하네스는 당황스러웠다.

'차라리 부정하지.'

저리도 붉어지는 걸 보니, 그의 형이 한 말이 아예 거짓말은 아닌 듯했다.

"어, 어떻게…… 알았어?"

해롤드가 한참 뒤 더듬거리며 물었다. 그 말에 로하네스는 솔직히, 정말 놀랐다.

"아니…… 진짜야?"

머리로 아는 것과 가슴이 이해하는 게 이렇게 다르다.

"너 진짜 나 좋아하는 거 맞구나?"

그 말이 해롤드의 심장을 완전히 터뜨린 듯했다. 해롤드는 그네 줄을 쥐고 고개를 푹 수그렸다.

"진짜네. 그런데 왜 그랬어?"

로하네스가 물었다.

"나 좋아한다면서 왜?"

이제 궁금한 것은 이것이었다.

"그럼 나 왜 괴롭힌 거니?"

"……."

"아무리 생각해도 너 나한테 잘하진 않았잖아. 넌 대체 애가 어떻게 돼먹었기에 좋아하는 애한테 그렇게 하니?"

자기라면, 자기였다면 좋아하는 사람을 위해서라면 하늘의 별이라도 따다 주었을 것이다.

"지금은 나 안 좋아하니?"

좋아한다는 건 그런 게 아닌가? 상대방이 좋아하는 게 좋고, 상대방이 기분 좋길 바라는 게 아닌가?

"혹시 한참 좋아하다가 안 좋아져서 괴롭힌 거야?"

원망이라기보다는 정말로 궁금해서 물은 건데, 그 말이 해롤드를 정신적으로 쥐어팬 것 같았다.

"흑, 미안해."

해롤드는 울음을 터뜨렸다.

"정말 미안해."

울려 버렸다.

'아니……?'

로하네스는 깜짝 놀라서 해롤드를 바라보았다.

'아니, 네가 왜 울어?'

"정말 미안, 미안해."

'지금까지의 일을 생각해 보면 울어야 할 건 난데, 해롤드? 뭘 잘했다고 울어?'

울고 싶은 건 오히려 로하네스였는데, 해롤드는 울음을 멈추지 않았다. 게다가 말이지…….

"널 사랑해. 네가 날 사랑해 주지 않으면 난 죽게 될 거야."

로하네스는 해롤드의 다음 말에 어이가 없었다.

"너 나 협박하니?"

자신의 물음이 어째서 '자길 좋아해 주지 않으면 죽어 버리겠다'는 협박으로 변질되는지, 로하네스로서는 알 수 없었기 때문이었다.

사랑에는 개인차가 있겠으나, 쉴라 가문의 사랑은 조건 없이 제가 가진 것을 베푸는 '자비'에 가까웠다.

'내 말은, 그동안 나 왜 괴롭혔냐는 거잖아. 그런데 사랑해 주지 않으면 죽어 버리겠다니, 너 미친 거야?'

넘을 수 없는 강이 두 사람 사이에 흐르는 듯했다.

"협박 아니야. 그런데 네가 나 안 사랑해 주면 나 죽고 말 거야."

아무튼 해롤드는 꺼이꺼이 울었다. 로하네스는 달래 줄 말이 없어 그런 그를 빤히 바라보기만 했다.

"……"

반쯤은 여전히 어이없어하며 말이다.

'나더러 어쩌라는 거니?'

그녀로서는 해롤드의 감정선을 이해할 수 없었다.

해롤드의 울음은 절반은 진심이었으나, 또 절반은 알렉산더의 조언에 기반을 두고 있었다.

"나는 로하네스가 날 사랑하기라도 했으면 좋겠어."

때는 졸업파티 전 크리스마스 시즌, 그들의 어린 동생은 때 이른 사랑의 열병으로 앓아누워 있었다.

"……해롤드."

"로하네스는 나를 남자로 본 적이 한 번도 없었지. 그래서 난 인정하고 싶지 않았어. 내가 어때서? 나만 한 신랑감이 어디 있는데?"

뻔뻔한 이야기지만, 로하네스가 조금이라도 저를 돌아보았더라면, 저도 이 긴 세월 동안 으르렁거리며 짖어 대지만은 않았을 것이다.

"그 애가 날 사랑해 주기만 한다면 전 세계를 발아래 가져다 놓을 수도 있어. 정말 이건 진심으로 하는 말이야. 사랑을 위해서라면 난 형과도 싸울 수 있어."

해롤드의 목소리가 떨렸다.

"그런데 걘 그걸 원하지 않잖아. 미칠 것 같아. 형 같은 고민이라도 해 봤으면 좋겠어."

그는 로하네스가 무척 원망스러웠다.

"그 앤 왜 날 사랑하지 않을까…… 이러다가 누구처럼 미쳐 버리기라도 하면…… 로하네스가 날 바라봐 주지 않는다면, 결국 나는…….'

원망스러운 동시에 무섭고, 두렵고, 사랑스러웠다.

"나를 원하지 않는다면 나는…… 그럴 수밖에…… 어떡하지."

이제 자신보다 아주 작아져 버린 그 여자아이가 말이다.

"어떡하긴, 생각을 해 봐. 해롤드, 이건 사랑이 아니라 전쟁 같은 거야. 네가 원하는 게 있다면……."

로만이 사랑의 열병으로 쓰러진 침대의 머리맡에서 가만히 해롤드의 푸념을 듣고 있던 알렉산더가 말했다.

"무슨 수를 써서든 가져야지. 그게 아무리 너한테 굴욕적인 일이라 해도 말이야."

해롤드는 그 알쏭달쏭한 말에 화가 났다.

"자존심 다 버리고 상대의 약점을 공략해야 해."

"나더러 어쩌라는 거야?"

"일단 그 애의 마음에서 너에 대한 미움이 지워지기까지 기다린 다음, 빌어."

"뭘?"

해롤드로서는 이해할 수 없는 말이었다.

"지금까지 저지른 잘못을 말이야."

알렉산더가 말했다.

"자존심 따질 때가 아니란 걸 너도 알겠지? 너 없으면 안 된다고, 죽겠다고 말해. 실제로도 죽는 건 맞지만 말이야."

해롤드는 고개를 갸웃했다.

"그게…… 무슨 소리야?"

그의 형은 지금까지 매번 '속마음을 숨겨라', '원하는 게 있다면 그걸 함부로 드러내지 마라' 하고 조언해 왔다. 그런데 지금은 전혀 다른 조언을 하고 있었다.

"아니, 이게 빌어서 해결될 문제면……."

해롤드가 웅얼거렸지만 알렉산더는 단호했다.

"네게 그나마 다행인 점이 있다면, 네가 좋아하는 상대의 가문이 남에게 한없이 자비롭고 너그럽다는 점이야."

그러니 남에게 헌신하는 의학자들을 그리 많이 배출한 것이 아니겠는가? 알렉산더는 동생에게 제 처지를 주지시켰다.

"네가 가진 게 뭐니? 조금 반반한 얼굴과 권력, 많은 돈? 그런 건 네가 좋아하는 여자애한텐 그리 매력적인 게 못 돼."

알렉산더가 지켜보고 만나 얘기해 보니, 로하네스는 너무도 물렀다. 저를 그렇게나 괴롭힌 놈의 형에게 묻는다는 말이 '걔는 나한테 왜 그랬대요?'지 않는가.

"하지만 저보다 약하고 모자란 사람에게 움직이는 부드러운 마음씨라면 다르지. 내가 알아본 바로는 그게 그 아가씨의 약점이야."

알렉산더는 바로 그 말에서 실낱같은 희망을 보았다.

"내가 말했지, 전쟁이라고. 조금이라도 상대의 약점을 물어뜯어야 해."

로하네스는 멍, 했다.

"너…… 진짜 왜 이래?"

제가 잘못해 놓고 엉엉 울다니, 정말로 황당한 일이다. 해롤드가 하도 우는 통에 점점 제가 잘못한 게 있나 싶어질 지경이었다.

"왜 우니?"

로하네스는 파우치에서 손수건을 꺼내 그에게 내밀었다. 해롤드는 그 와중에도 손을 뻗어 손수건을 받더니 거기에 코까지 풀었다.

'뭐야?'

눈물을 닦으라고 준 거였다.

"사 줄게."

"아냐. 가져. 그런데…… 왜 우냐니까?"

그 말에 해롤드는 또 울기 시작했다.

'춥다.'

슬슬 추웠다. 로하네스는 닭살이 돋은 팔뚝을 문지르다, 한숨을 쉬며 하늘을 바라보았다. 조각달이 덩그러니 떠 있었다.

'왜 이렇게 울어, 부담스럽게?'

로하네스가 사정 청취를 할 수 있었던 건, 아주아주 한참이 지난 뒤였다.

"나 너 처음 봤을 때부터 좋아했어."

잔뜩 부은 눈으로 해롤드가 웅얼거렸다.

"웃기시네. 거짓말하지 마."

로하네스는 그 말로 해롤드를 한 번 더 울렸다.

"정말이야. 너 좋아해. 쭉 좋아했어. 나 너한테 관심 받으려고 그런 거야. 처음 봤을 때부터 네가 너무 예뻐 보였어."

"……."

"지금도 예뻐. 너보다 예쁜 애는 본 적이 없고, 앞으로도 없을 거야."

그건 진짜 말도 안 되는 소리였다. 이 학교만 뒤져 봐도 자신보다 예쁜 애가 백 명은 될 것이다.

"그래, 그건 그렇다…… 아니, 그렇다 못 치겠는데 넘어가자. 그럼 그다음엔 왜 그랬니?"

"……."

꿀 먹은 입이 된 해롤드한테 로하네스가 계속해서 물었다.

"그럼 그다음에라도 사과하고 친해져야 할 것 아니야? 너 나 괴롭혀서 울리는 걸 네 목표처럼 삼았잖아. 아니야? 나한테 왜 그랬니?"

"……미안해."

"미안한 건 알겠는데, 미안하다는 말 들으려는 게 아니라 진짜 궁금해서 그래."

해롤드의 은회색 눈에서 다시 눈물이 또르르 떨어졌다.

'너 울면 다 되는 줄 알아?'

하지만 생각과 달리, 로하네스의 마음은 좀 약해졌다.

"네가 다른 애랑 놀아서 싫었어."

"하, 참."

해롤드가 훌쩍거리며 말했지만, 역시나 이해되지 않았다.

'얘 미친 거 아니니?'

하지만 우는 것도 그렇고…… 자신한테 거짓말할 이유도 없고, 그러는 것 같지도 않고……. 로하네스는 당황스럽기만 했다.

"너희 집은 그런 식으로 연애하니?"

결국 나온 말은 이것이었다.

'앗.'

어떻게 보면 '너희 집 가정교육 대체 어떻게 된 거야?'라는 가문을 모욕하는 말이나 마찬가지였는데…….

"응."

해롤드는 고개를 끄덕였다.

"……."

갑자기 저자세로 나오니 로하네스는 할 말이 없었다.

"일단은…… 그래. 나 좋아한다고? 고마워. 아무튼 그거로 눈물이나 닦아. 더 울지 말고."

로하네스의 말에 퉁퉁 부은 얼굴로 해롤드가 말했다.

"그럼 나 좋아해 줄 거야?"

얘기가 왜 그렇게 흘러가는지 로하네스로서는 도저히 이해할 수 없었다.

"내가 왜? 난 너 싫어."

하지만 당연하다면 당연한 그 물음에 해롤드는 다시 울음을 터뜨렸다.

"아니, 네가 날 좋아한다고 내가 널 좋아해야 하는 건 아니잖아. 나한테 뭐 맡겨 놨어?"

"나 죽는다는 거 진짜야."

해롤드의 말에 로하네스는 어안이 벙벙했다.

"무슨 소릴 하는 거야, 얘가?"

"우리 집안이 왜 너희 집안을 그렇게 후원하겠어?"

'그건 너희 집이 바스커빌이니까 그렇지.'

그건 돈에 미친 기업이라는 이미지 쇄신 때문이 아니겠는가?

"우리 가문엔 지금까지 고치지 못한 불치병이 있어."

하지만 해롤드가 하는 말은, 로하네스가 생각한 바와는 꽤 달랐다.

통설에 따르면 첫사랑은 잘 이루어지지 않는다고 한다.

그럴 만도 한 게, 뭐든지 처음이니 얼마나 서툴겠는가? 또 빠르고 뜨겁게 달아오른 만큼 얼마나 빨리 식겠는가?

"……그런 게 어디 있어?"

해롤드의 말을 다 들은 로하네스는 어이가 없었다.

"첫사랑이 이루어지지 않으면 죽는다고? 진짜? 거짓말이지?"

"거짓말 아니야."

"말도 안 돼."

늑대 특성의 사람들이 남들보다 연인한테 충실하여 꽤 인기가 있다는 걸 알고 있지만, 해롤드가 하는 말은 너무 허무맹랑했다.

"내가 너한테 왜 이런 말을 하겠어? 이게 우리 가문에 얼마나 큰 약점인데."

하지만 해롤드는 진지했다.

"내가 정말 죽을 것 같으니까 너한테만 말해 주는 거야. 진짜야. 금방 끝날 짝사랑이면 왜 이렇게 절박하겠어?"

그리하여 로하네스의 물음은 다시 도돌이표를 찍고 처음으로 돌아왔다.

"아니…… 정말 그런 거면 너 나 왜 괴롭혔니? 목숨이 여러 개도 아닌데?"

그 말에 해롤드는 다시 울먹였다.

"솔직히 이렇게 될 줄은 몰랐어. 이 감정을 부정하고 싶었어. 내가 좋아하는 사람이 나한테 관심이 없다면, 난 정말로 죽은 목숨인 거니까."

"……."

그 말에 로하네스는 할 말을 잃었다.

"널 사랑해. 이 감정은 변하지 않을 거고, 그동안은 내가 잘못했어. 정말 미안해."

해롤드가 말했다.

"협박은 아닌데, 네가 날 받아 주지 않으면 난 정말로 죽어 버릴 거야."

솔직히…… 협박이었다. 자해공갈단도 이렇게 맥락 없이 협박진 않을 것이다.

"아니. 아니…… 뭐?"

로하네스는 말을 더듬었다.

"그래서 진짜 죽는다고?"

해롤드의 말이 진짜라면 악연도 이런 악연이 없었다.

"내가 널 받아 주지 않으면…… 죽어?"

그게 진짜라고 해도, 생의 절반을 괴롭힌 애가 마음을 받아 달라고 하는데, 쉬이 고개를 끄덕일 수 있을 리가 없었다.

"뭐 그런 게 다 있어?"

로하네스는 비명을 지르며 해롤드의 말을 부정했다.

"아마 아닐 거야."

하지만 죽는다질 않는가. 해롤드가 울상을 하자 로하네스는 마음이 좀 약해졌다.

"설령 그렇다고 해도 의학은 발전하고 있잖아. 아마, 아마 몇 년만 더 지나면 그 병…… 고칠 수도 있을걸?"

"그럴 수 있는 거면 진작 고쳤지. 우리 집 돈 많아. 우리 기업에는 머리 좋은 천재들도 많고."

재수 없지만 사실이었다.

"그런데 우리가 쉬쉬하고 사는 게 대체 왜겠어? 불치병이 왜 불치병이겠냐고."

"……."

이제 로하네스가 말문을 잃을 차례였다.

'그래서 뭐 어쩌라고?'

머릿속에서 이 말만 빙빙 맴돌았다.

'그렇다고, 네가 죽는 게 내 탓은 아니잖아.'

그러게 진작 잘했으면 조금이라도 가능성이 있었을 것이다. 그런 생각을 하는 걸 해롤드도 알아차렸는지, 다시 우는 소리를 냈다.

"사람 하나 살리는 셈치고 지금부터라도 날 좋아해 주면 안 될까?"

"무슨 말도 안 되는 소리야? 안 돼. 안 되는 건 안 되는 거야. 나 너 싫다니까."

로하네스는 단호하게 거부했다. 해롤드가 제 목숨을 걸고 호소했지만, 절대로 안 될 말이었다.

"누굴 좋아하는 게 원하는 대로 되면, 그게 사람 마음이겠니? 너부터가 자기 마음대로 안 되니까 지금 이러는 거 아니야?"

"흐윽……!"

우문현답에 해롤드는 다시 절망스러운 신음을 내뱉었다.

"울지 마. 울어서 해결될 일 아니거든?"

"하지만 눈물이 나는 걸 어떡해?"

해롤드는 절박한 듯했다. 로하네스가 냉정하게 말하든 말든, 다시 울음을 터뜨렸으니 말이다.

"알았어! 알았어! 그 병 뭔지는 모르겠지만, 당장은 아니어도 되는 거지?"

결국 해롤드의 울음에 진 것은 로하네스였다. 똥 밟았다면 똥 밟은 거지만, 이미 밟은 걸 어쩌겠는가. 어쩔 도리가 없었다.

"생각은…… 해 볼게."

로하네스의 말에 해롤드의 얼굴이 환해졌다.

"생각만이야."

"내가 앞으로 진짜 잘할게!"

지금 당장 받아 주기로 결정한 것도 아닌데, 해롤드는 눈물을 뚝 그치더니 무척 환한 미소를 지으며 말했다.

"평생 속죄하면서 러그, 아니 네 발닦개로 살게!"

'너 같은 발닦개나 러그 필요 없거든?'

로하네스로서는 기가 차는 말이었다.

졸업 파티가 끝났다. 그날 밤, 로하네스는 얼떨떨해져서 집에 돌아왔다.

"잘 들어가! 또 연락할게."

해롤드는 로하네스가 집에 들어가는 그 순간까지 꼬리를 흔들며 그녀의 손수건을 꽉 쥐고 있었다.

'그런데 진짜일까?'

로하네스는 마치 백일몽을 꾼 것처럼 어리둥절했지만, 방에 도착하자마자 그동안 뚝 끊겼던 메시지가 왔다.

「로하네스, 정말 고마워! 오늘의 결정, 후회하게 만들지 않을게!」

누가 보면 오늘부터 사귀기로 한 줄 알겠다 싶을 만한 메시지였다.

'네가 죽는다고 해도, 누가 너랑 사귄다니?'

로하네스는 고개를 절레절레 저으며 휴대전화를 머리맡으로 내던졌다.

'일단 자자.'

그리고 잠을 청하려 했다.

'아니, 그런 병이 어디 있대?'

하지만 혹시 오늘 해롤드가 한 말이 진짜면 어떡하나 하는 생각이, 잠자리에 들려는 로하네스를 괴롭혔다.

'뭐 진짜라 해도…… 심장병의 일종인 거 같은데 고치면 되겠지. 누군가가 약 같은 거 발명하겠지. 그 바스커빌 그룹인데…….'

하지만 로하네스는 알았다. 약이란 게 쉽게 만들어지는 게 아니고, 질병이라는 게 또 쉬이 정복되는 것이 아니란 걸 말이다.

'거짓말이겠지.'

안 받아 주면 콱 죽어 버리겠다는데. 아니, 죽는다는데. 아무리 생각해도 거짓말 같지만, 혹시 진짜면 어떡하겠는가?

'참나. 걔가 나 좋아하는 게 내 잘못도 아니고.'

로하네스는 오늘 들은 말 때문에 무척 싱숭생숭했다.

'그런데 얘는 내가…… 이 일을 빌미로 혹시 자길 이용하려고 들거나 이 사실을 어디 팔아 버리면 어쩌려고 그랬대?'

궁금증을 풀려고 했다가 더 얹어 온 꼴이다. 아무리 생각해도 해롤드 바스커빌은 참 이해할 수 없는 애였다.

'뭐…… 당장 마음을 받아 줘야 하는 것도 아니고, 일단 그냥 모른 척하고 있자.'

싱숭생숭한 채로 로하네스는 고등학교를 졸업했고, 이듬해 대학에 입학했다. 그리고 대학에 가면 끝나나 싶었던 지긋지긋한 인연은 역시나 쭉 이어졌다.

"로하네스, 같이 밥 먹자."

누구한테도 어느 대학에 갈지 밝히지 않았는데, 해롤드가 같은 대학의 경영학과에 입학한 것이다.

'이거 가만 보니까…… 스토커 아냐?'

어떻게 따라왔는지 짐작은 가지만, 알고 싶지 않은 일이었다.

"내가 너랑 왜?"

그래도 달라진 게 있다면 있었다.

"……."

"아니, 그렇게 풀죽을 것까진 없잖아."

해롤드의 태도였다.

"로하네스, 내가…… 그렇게 싫어?"

그동안의 도도하고 재수 없던 도련님은 어디 갔는지, 해롤드는 많이 변했다.

"내가 살게. 나랑 같이 안 먹어 줘도 좋으니까, 밥이라도 사게 해 줘."

'진짜 얘가 나 좋아하는 거 맞구나.'

로하네스가 싫어도 확신할 수밖에 없을 만큼 말이다.

"어휴……."

그녀는 결국 한숨을 내쉬며 앞서 걸어갔다. 그러자 해롤드는 자존심도 없는지 그 뒤를 쫄래쫄래 따라왔다.

"너희 과엔 친구 없어?"

밥은 보통 학생 식당에서 먹었다. 식판을 앞에 둔 로하네스의 물음에 맞은편에 앉은 해롤드가 말했다.

"나 너 말고 친구 없어."

'그런 말을 왜 이렇게 해맑게 하니?'

졸업 파티 이후 하도 찰거머리같이 들러붙는 통에, 해롤드는 이제 밥 메이트가 되었다.

'얘 아직도 나 좋아하는구나.'

로하네스는 밥을 먹다 말고 해롤드를 힐끔 쳐다보았다.

'대체 언제까지 이러려고 그러나.'

이 학교의 학생 식당은 맛없기로 소문이 자자한데, 눈앞의 해롤드는 맛있다는 얼굴로 밥을 입에 퍼 넣고 있었다.

'도대체 내 어디가 그렇게 마음에 든 거야?'

저와 밥을 먹기 위해 그 까다로운 입맛을 포기한 것을 보니, 바스커빌가의 사랑은 변하지 않는 말이 허튼소리는 아닌 것 같았다. 그렇다 해도 마음을 받아 줄 생각은 여전히 없었다.

그러나 미운 정도 정이라고. 보다 보니 좀 안쓰럽기도 하고, 이상하게 없으면 허전한 날도 있었다.

'나 지금 길들여지는 건가?'

진짜 정이란 게 참 무섭다.

'아니, 좋아할 생각 없는데. 없다니까?'

로하네스로서는 무척 난감한 일이었다.

'나 연애도 많이 하고 싶고 그런데. 진짜 잘못 걸렸네.'

대학만 가면 남자친구도 생길 것 같고, 연애도 할 수 있을 것 같았는데 말이다.

"네가 날 사랑해 주지 않으면 난 죽게 될 거야."

어쩐지 졸업 파티 때 들었던 해롤드의 말이 마음에 걸려 미팅도 나갈 수 없었다.

'그 말이 사실이고, 내가 누구랑 사귄다는 이유로 죽으면 어떡해?'

무슨 저주 같았다.

"로하네스, 그런데 말이야, 내가 공짜 티켓이 두 장 생겨서……."

밥을 먹다 말고 해롤드가 말했다.

"거짓말하지 마."

"음, 티켓을 VIP석으로 두 장 어렵게 구했는데, 뮤지컬 보러 갈까?"

좋아하지도 않고, 좋아할 생각도 없고, 막상 사귀지도 않는데 늘 붙어 있고, 같이 밥을 먹고, 가끔은 문화생활도 하게 되었다.

"싫어."

"……."

"우는 척해도 소용없어."

예전엔 몰랐지만 지금은 안다. 이것이 데이트나 마찬가지라는 것을.

'이게 사귀는 게 아니면 뭐야?'

더불어 해롤드가 자신을 정말 좋아한다는 것도 말이다.

'나 진짜 얘는 아닌데…….'

정말 이 악연을 오래 이어 갈 생각이 없는데, 로하네스로서는 해롤드와 하는 양이 점점 사귀는 꼴이 되어 가니 어이가 없는 일이었다.

하지만 시간은 찬찬히 흘렀고, 점점 미운 정이 쌓여 가는 와중 주변에 이상하게도 남자가 해롤드밖에 없는 상황이 계속되었다.

'나 이러다 얘랑 정말 연애하는 거 아니야?'

문득 정신을 차려 보니 로하네스는 졸업을 앞두고 있었다.

제약 쪽으로 진로를 정한 그녀에게 가장 좋은 환경과 복지를 제공해 줄 수 있는 회사는…… 바스커빌 제약이었고 말이다.

"왜? 뭐가 문제야? 나 때문에 그래? 나 그쪽이랑은 관계없어. 제약 계열사에 손가락 하나 까닥하지 않는다니까? 일단 지원서나 내 봐."

'네가 그쪽이랑은 관계없는 걸 내가 어떻게 아니?'

해롤드는 엄밀히 말하자면 자신이 고용주인 입장인데도, 열심히 로하네스를 꼬셨다.

그리고…… 혹시나 하여 다른 곳에도 지원서를 내 보았지만, 합격한 것은 결과적으로 가장 커트라인이 높았던 바스커빌 제약밖에 없었고 말이다.

'백수가 될 수도 없고.'

사실 이보다 더 괜찮은 직장이 어디 있겠는가? 어느 분야든 다 불황인데, 바스커빌은 불황을 모르는 대기업 중 대기업이었다.

'첫 직장에 뼈를 묻어야 할 것도 아니니까 3년만 있어 보자.'

이러한 안일한 생각이 로하네스를 바스커빌 제약으로 이끌었다.

"정말? 합격한 거야? 축하해! 오늘은 바스커빌 제약 입사 기념으로 내가 쏠게."

이 소식을 들은 해롤드는 마치 자신의 일처럼 기뻐했고 말이다. 하긴, 자신의 일이 아마 맞을 것이다.

'미리 알았으면서 이제야 안 척은.'

로하네스는 한숨을 내쉬었다.

'나 이러다가 연애도 제대로 못하고 결혼하는 건 아닌가 몰라.'

조금 더 보태 20년 동안 악연이 이어지다 보니, 이제 슬슬 불길한 예감이 들기 시작했다.

하지만 여전히 로하네스는 자신의 감을 무시하고 싶었다.

'이상하게 얘가 점점 귀여워 보인단 말이야.'

더불어 점점 해롤드에게 기울어져 가는 제 마음도 말이다.

〈로하네스 쉴라 끝〉

Chapter 4.

데미안 레오폰 그리고 이브

늑대지만
해치지 않아요

데미안 레오폰은 실연을 당했다. 양의 탈을 쓴 사자인 소녀로부터였다.

'어쩌면 우리는 정말 좋은 짝이었을 텐데…… 서로를 위해 태어난.'

비참하지 않았다면 거짓말이다. 데미안은 가족을 가지고 싶었다. 유전자에 얽힌 갈망만은 아니었다.

'누군가와 함께하고 싶다. 누군가와 같이 인생의 길을 걷고 싶고…… 둘이 함께이고 싶고, 만약 유전자의 법칙이 허락한다면 셋, 넷이고 싶어.'

사막에 펼쳐지는 아스라한 신기루일지도 모르는 욕망이었다. 원한다고 해서 모든 걸 가질 수 있는 건 아니다. 그는 남들이 원하는 것들을 대부분 다 가졌다.

'대가로 잃은 것이 그것들을 다 부질없게 만들지만, 어쩌면 배부른 소리일지도 모르지.'

데미안은 한숨을 내쉬었다. 미련이 철철 흘러내렸다.

'하지만 어쩌겠어.'

유일하게 남은 희망이었던 사람은 씩씩하게 제 사랑을 찾아 떠났다.

그는 앞날을 단념했다. 앞으로 아무도 나타나지 않으리라. 물론 가끔 유혹이야 있겠지만.

'이렇게 사는 수밖에.' 시간이 흐를 테고, 그 시간 동안 인류를 진보시킬 발견을 할 수 있을지도 모르지. 결국 홀로 늙고 죽어 갈 것이다.

'그것 또한 인생이겠지.'

하지만 미래란 알 수 없는 것이고, 불가능하다 믿었던 희박한 확률이 현실로 일어나는 일도 종종 있었다.

"유전자 조작 센터 말입니까?"

세간에 공개되면 나라가 떠들썩해질 만한 사건이 그로부터 1년 뒤 일어났는데, 불법으로 운영되던 유전자 조작 센터의 적발이었다.

"……세상에."

가끔 머릿속에서만 끝내야 할 생각을 기어코 실행하는 사람들이 있다.

"이 아이의 이름이…… 뭡니까?"

더 우수한 인재, 혹은 군대를 조작하려 했던 사이비 단체가 적발되었다. 데미안이 불려 간 이유는 바로 거기서 생존한 아이 때문이었다.

"글쎄요, 이곳의 아이들은 이름이 없이 숫자로 불렸던 것 같은데. 서류를 확인해 보겠습니다."

"…….."

"사람들의 눈을 피하고자 했으니 당연히 사회 보장 번호는 없을 테고. 어디 보자, 잠시만 기다려 주세요."

데미안은 기록을 뒤지려는 요원을 제지했다. 그리고 아이를 바라보았다.

"괜찮습니다."

이곳의 사람들은 아마 레오폰보다 더한 것을 만들고자 했던 것 같았다.

"……아가."

데미안은 차마 말을 잇지 못하고 아이를 두 팔로 안아 들었다.

"…….."

작고 마른 아이는 그를 멀뚱히 쳐다볼 뿐, 아무 말이 없었다. 뼈조차 빈 듯 가벼웠다. 아이는 보통 사람과는 확연히 다른 모습을 하고 있었다.

"교수님께서 보시기에는 어떻습니까?"

데미안을 센터로 데려온 판다 귀의 남성이 물었다. 그는 말끝을 흐렸다.

"어떻다고 말하기에는……."

표범의 귀와 꼬리, 정수리 부근에 솟아오른 두 개의 사슴뿔, 등허리를 덮는 새하얀 머리칼.

"……."

목욕을 시키기 위해 아이를 벗겼을 때, 등 뒤에서 날개의 흔적도 발견되었다. 불로 지져진 자국 위 삐죽하게 날개뼈가 솟아올라 있었다.

'첩첩산중이군.'

동물원 우리 같은 연구 센터에 그대로 둘 수 없어 아이를 맡기로 한 데미안은 깊은 생각에 잠겼다.

외형으로만 보면 열세 살쯤인 것 같다.

'적어도 세 종류의 특성, 많게는 넷, 다섯까지…….'

겉모습으로 드러난 것뿐 아니라 발현되지 않은 특성 또한 존재하겠지. 그는 애써 앙상한 두 팔의 주사 자국에서 시선을 떼었다.

"우선은…… 네 이름을 이브라 하자."

이름을 지어 주기로 했다. 그들의 연구실에서 하던 대로 3호, 4호쯤으로 부를 수는 없었다.

"……."

실험체가 아니라 같은 인격체이지 않은가. 숫자가 아니라 이름으로 불릴 자격이 충분했다.

"마음에 안 드니?"

아이는 눈살을 찌푸리며 고개를 갸웃거릴 뿐 말이 없었다.

"이브?"

데미안은 며칠 후 알았다.

167

"세상에……."

아이가 그 세상에서 말을 배우지 못했다는 사실을.

당연하다면 당연한 일이었다.

'같은 사람이라고 생각했으면 이런 짓은 하지 못하겠지.'

그는 이브를 주의 깊게 관찰하고 수십 가지의 검사를 한 뒤, 긴 보고서를 작성했다.

'그들의 마음에 윤리나 도덕이 있었더라면, 애초에 이 아이는 탄생하지 못했겠지.'

그리고 정부에 보고했다. 그것이 데미안에게 주어진 역할이었으니까.

「그녀의 유전자에 섞인 특성은 적어도 다섯 가지로…….」

몇 가지 훈련을 시도해 본 결과, 이브는 특별히 지능이 뛰어나거나 신체적 능력이 우수하지도 않았다.

「신체적 능력의 경우, 또래의 여아와 비교해 보았을 때…….」

그의 보고서를 본 정부의 관심도 식은 듯했다. 조사를 끝내도 좋다는 명령이 내려왔고, 데미안의 곁엔 이브만 남았다.

'이제 어떻게 하지.'

그는 고민했다. 길에서 거둔 짐승을 들이는 것과는 차원이 다른 일임을 알고는 있었다. 그렇다고 이브를 고아원에 보낼 순 없다.

'아무래도…… 이용당할 확률이 더 높지.'

아이를 맡아 줄 가정을 수소문한다 해도 믿을 수 있는 게 아니다. 그러다가 또 이브를 이용하려는 사람들 손에 넘어간다면 어떻게 할 것인가.

"하……."

상상하는 것만으로도 한숨이 새어 나왔다. 아무래도 너무 큰 짐을 떠맡은 것 같다.

"선생님, 선생님?"

그쯤엔 이브도 더듬더듬 말을 할 수 있게 되었다. 검사나 훈련에 필요했다곤 하지만, 직접 가르치면서 정도 들었고…….

'어쩌면 좋지.'

이브가 큰 짐인 것은 분명했다. 그러나 데미안은 이 아이가 어쩐지 자신 같다는 생각이 들어 떨쳐내기 어려웠다.

"이브, 잠깐 동안만 선생님과 살까?"

그는 결국 고민을 미룬 채, 이브를 두 팔로 안아 들었다.

'무게가 좀 늘었나?'

처음 만났을 때 너무도 여위었던 탓인지, 기본적인 식사만 제공했을 뿐인데 이브는 날이 갈수록 무럭무럭 성장하고 있었다.

"어디 보자, 벌써 신발이 안 맞니?"

데미안은 그리하여 결혼도 전에 팔자에 없던 애를 키우게 되었다. 그런데 키워 본 적이 없으니, 이브가 다른 아이와 얼마나 다른지 몰랐다.

'원래 애들이 이렇게 성장이…… 빠르던가?'

이브의 존재 자체가 비밀이니, 홈스쿨링을 시키고 그 외에도 직접 모든 걸 가르칠 수밖에 없다. 그러니 비교군이 없을 수밖에.

"발이 아팠을 텐데, 말을 하지 그랬니."

"하지만 신발을 바꾼 지 얼마 안 되었는걸요?"

이브가 또박또박 말했다.

데미안은 아이를 의자에 앉히고, 신발을 신은 작은 발을 제 무릎 위에 올려놓았다. 이렇게 몇 주에 한 번은 신발을 새것으로 갈아 신겨 주어야 할 정도로 이브는 잘 자랐다.

"바꾼 지 얼마 안 되었어도. 네 사이즈에 맞는 신발이야 얼마든지 있으니 걱정하지 마."

'하기야 그동안 먹지 못해 멈췄던 성장이 편한 환경에서 다시 시작되었을 수도 있겠지.'

마치 너무 좁은 화분에서 길러지다 땅에 심겨 우기까지 만난 열대 식물처럼.

"……."

이브는 운동화를 신기느라 제 앞에 무릎을 꿇고 발목을 매만지고 있는 데미안을 찬찬히 바라보았다.

정부로서는 데미안에게 보고서를 몇 달이라도 더 받아 두는 편이 좋았을 것이다.

"실험실에서의 일은 잘 기억나지 않지만, 나는 배양액 속에서 자랐어요. 거긴 정말 안락했어요. 온종일 잠만 잘 수도 있을 정도로."

몇 달 후, 어느 날. 데미안이 묻지도 않았는데, 책을 읽던 이브가 문득 입을 열었다.

"이브?"

"그때는 언어를 몰랐지만, 이제는 아니까 그들이 나를 무엇으로 만들려 했는지 알 것 같아요."

이브가 하는 이야기를 들은 그는 이윽고 형용할 수 없는 얼굴로 아이를 끌어안아 주었다.

"그 사람들은 내가 세상이 모르는 지식을 담은 상자이길 바랐던 거예요."

이브의 말은 이해하기 어려운 구석이 있었다. 아이가 데미안의 품에서 중얼거렸다.

"난 실험으로 태어났을 뿐 그냥 평범한 아이인데 말이에요."

같이 있다 보면 변화를 눈치채기 어렵게 된다. 함께 있은 지 반년도 되지 않았건만 이브는 이제 열다섯, 아니 열여섯처럼 보였다.

"같이 옷 사러 가 주세요."

어느 날 이브가 그렇게 말했을 때, 여성 사용인을 통해 아이의 옷을 구입하고 있던 데미안은 깜짝 놀랐다.

"나?"

"네, 선생님이요. 시간이 안 되시나요?"

집에서는 모르겠으나, 밖에 나가면 사람들의 시선을 받게 될 것이 걱정되었다. 그는 한참 고민하다가 말했다.

"그래, 그런데 모자를 쓸까?"

다행히 이브의 뿔은 뒤로 구부러져 있었다. 데미안은 임시방편으로 자신의 중절모를 아이의 머리에 씌웠다. 이브의 머리 위에 모자가 떠다니는 격이었지만, 사람들은 그보다 데미안에게 더 주목했다.

"사람들이 선생님을 쳐다봐요."

그와 팔짱을 끼고 걷던 이브가 까치발을 들고 그의 귀에 속삭였다.

"선생님이 예뻐서 그런가 봐요."

데미안은 웃고 말았다.

지금까지 이브를 위해 샀던 옷은 면 티와 스포츠 브래지어, 편한 바지가 전부였다. 이브가 고르는 옷들을 보고 데미안은 반성했다.

"선생님, 이 옷 어떠세요?"

흰 중절모에 검은 원피스 차림의 이브가 물었다.

"예쁘다고 생각하세요?"

"잘 어울리네."

"선생님은 잘 어울린다는 말씀밖에 못하세요?"

"정말로 잘 어울리니까 그렇지."

첫 만남에서 이브는 분명 아이였는데, 이제 아동복보다 여성복이 더 맞았다.

'······애가 생각보다 컸구나.'

속옷······ 같은 경우에는 카드를 쥐여 주고 멀찍이 떨어져 있어야 했다.

그는 생각했다.

'내가 무심했다.'

언제까지나 품 안의 아이가 아니었다. 지금 저는 고양이나 개가 아니라, 인간을 기르고 있는 것이다.

그때부터 데미안은 아이를 학교에 입학시킬 방법을 찾았는데, 신원이 확실하지 않은 데다 보호자도 없으니 쉽지 않았다.

"이브."

고민하던 데미안은 이브를 서재로 불렀다. 중절모를 쓴 이브가 문을 열고 고개를 빼꼼히 내밀었다.

"부르셨어요?"

"차 한 잔 줄까?"

그는 준비해 둔 맞은편 의자에 이브를 앉혔다.

"이제 너도 학교에 가야 하지 않겠니?"

아이가 눈을 깜박깜박 떴다. 이해하지 못했다는 듯이.

"학교가 뭔지는 알지?"

"그럼요. 알기는 알죠."

이브는 요즘 미디어에 푹 빠져 살았다. 어쩌면 데미안보다 이 세상이 어떻게 돌아가는지 잘 알지도 몰랐다.

"네 또래 아이들은 다 학교에 가질 않니? 물론 지금까진 나한테 배웠고, 그게 부족하다고 생각하지는 않지만……."

"……."

"학교란 곳은 지식만 가르치는 곳이 아니라 사회성도 함께 배우는 곳이니까. 친구를 만들고 싶지 않니?"

이브는 일단 들어 보겠다는 얼굴이기는 했지만, 그가 이 이야기를 꺼냈을 때부터 조금씩 창백해졌다.

"나는 지금이라도 네가 학교에 가야 한다고 생각한단다. 그래서 말인데 너만…… 음……."

데미안도 이런 결론에 이르기까지 많은 고민을 했다.

"너만 괜찮다면, 내가 네 보호자가 되어 주고 싶단다."

그리고 고민 끝에, 이브의 양아버지가 되어 주고 싶다는 결론에 다다랐다.

"보호자라뇨?"

"너를 내 양녀로 들이고 싶다는 말이야. 그럼 학교도 갈 수 있고, 나아가 내 성도 네게 물려줄 수 있을 테고……."

이브가 제 딸이 된다면, 원하던 바는 아니더라도 혼자가 아닐 수도 있다는 생각이 그의 마음을 따뜻하게 덥혔던 것도 사실이었다.

"선생님……."

하지만 그 말에 이브는 뚝뚝 눈물을 흘리며 울기 시작했다.

"저는 선생님이 정말 좋아요. 좋지만, 선생님이 내 아빠가 되는 건 싫어……."

턱을 타고 떨어지는 눈물이며 덜덜 떨리는 말에 데미안은 놀랐다.

"선생님이…… 내 부모님일 수는 없는 거잖아."

눈을 비비며 울기에 그는 놀라고 당황하며 자리에서 일어났다.

"그래, 그렇지. 나는……."

"싫어요, 나 진짜 싫어…… 흐어어어엉."

그러는 사이 데미안은 자신의 마음이 상처받았음은 몰랐다.

'다른 방법도 있겠지.'

그날 밤 데미안은 서재에서 밤을 지새웠다.

이브에겐 부모님이란 존재가 없었다. 이브의 말에 의하면 그 아이는 인조인간, 호문쿨루스였다.

'완벽히 인공적인…….'

사람은 기술을 가지면 그게 무엇이든 사용하고 싶어 한다. 이브는 생명도 육체도 기술에 의해 만들어진 존재라고 했다.

"……."

옛날 옛적 고대의 연금술사들은 연금술로 만들어진 인조인간은 태어나면서부터 지성을 지니고, 세상의 비밀을 알고 있다 믿었다.

그러나 그렇게 태어난 이브는 세상을 꿰뚫는 비밀도 몰랐고, 가르쳐 주지 않으면 아무것도 알 수 없었다. 당연한 일이었다.

"……."

누군가와 함께하고 싶고, 가능한 한 오래 살고 싶고, 가지고 있는 것을 누군가에게 물려주고 싶다. 데미안에게도 욕망이 있었다.

'이브는 나와 마찬가지로 영원한 이방인이지.'

이브를 위해서라고는 했지만, 아이를 통해 자신의 소원을 이루고 싶은 마음이 없던 것은 아니었다.

"선생님."

욕심이었던 것일까? 모든 게? 이브에게 사회에 대해 더 알려 주고 싶다는 마음까지도?

"주무세요, 선생님?"

똑똑.

문 두들기는 소리가 들렸다. 소리만 듣고도 누구인지 알았다. 야심한 시각, 문을 두들길 이는 한 명밖에 없었다.

"선생님, 저한테 화나셨어요?"

울먹울먹하던 이브가 이윽고 말했다. 유난히 긴 줄무늬 꼬리가 아이의 다리 한쪽에 착 감겨 있는 것을 보고, 데미안은 한숨을 내쉬었다.

"드리고 싶은 말씀이 있어요."

이브는 떨고 있었다.

"화나지 않았어, 들어오렴."

그는 안경을 벗었다.

"……."

"정말 화나지 않았는데, 응? 이브, 무슨 말을 하고 싶어서 그런 거니?"

상대방이 원하지 않는 호의를 억지로 권하는 것이 폭력이란 걸 모를 나이가 아니다. 데미안은 상처를 숨긴 채 상냥히 물었다.

"말해 보렴, 이브."

"선생님, 저……."

이브가 무릎을 덮은 원피스 자락을 꼭 쥔 채 떨다가 말했다.

"저한테 보호자가 필요해서 양녀를 권하신 거라면…… 진짜 필요 없어요."

그는 예상치 못한 뒷말에 놀랐다.

"저는 이미 성인이에요. 태어난 지…… 20년도 넘었는걸요."

"……."

한참 동안 아무 말도 할 수 없었다. 이브는 데미안의 태도를 무엇이라고 짐작했는지, 떨면서 변명을 늘어놓았다.

"처음에는 저도 정말 몰랐어요. 하지만 말을 깨치고 글을 배우고, 연구실에서 사람들이 저한테 했던 이야기를 점점 이해하다 보니…….”

그의 눈에 이제 이브가 낯설게 보였다.

“……제 나이를 알게 되었어요. 이 세상의 나이로 치면 저는 성인이에요, 선생님.”

이브는 너무 빨리 자랐다. 처음 만났을 때의 작고 어렸던 모습은 거의 사라져 있었다.

“왜…… 말을 하지 않았니?”

이브는 젖은 눈을 깜박깜박 뜨고 마른침을 한 번 삼키더니, 기어 들어가는 목소리로 말했다.

“내가 성인인 걸 알면 내쫓을까 봐…….”

데미안은 그 말에 충격을 받았다.

“나는 아직 아무것도 모르는데. 아니, 알긴 알지만, 절 내쫓으시면 진짜 갈 데가 없어요.”

이브가 떨면서 속삭여 왔다.

“…….”

“연구실 같은 곳으로 가긴 정말 싫어서 그랬어요. 제가 정말 거짓말을 하려던 건 아니고, 물어보질 않으셔서…… 않으셔서요.”

이 아이에게 대체 무슨 말을 해 주어야 한단 말인가.

“……절 내보내지 마세요.”

“설마.”

데미안은 이브를 끌어안았다.

“내가 어떻게 그럴 수 있겠니, 이브.”

이 말 외에는. 처음부터 이럴 작정은 아니었지만 홀로, 이 세상에서 영원히 이방인일 이브의 곁에 데미안이 있었다.

이브, 그녀는 자신보다 더 고독했다.

176

"난 널 보호할 거야."

지금에 와서 본인이 원하지도 않는데 떠나보낼 수 있을 리가 없었다.

"정말요? 그 약속 지키실 거죠?"

이브가 데미안의 품에 매달려 물었다. 그는 몇 번이고 약속을 지키겠다고 말했다.

"제 곁에 있어 주실 거죠?"

"당연하지."

그제야 품에 쓰러져 울던 이브가 눈물을 그쳤다. 이윽고 그녀가 그의 가슴에 묻었던 얼굴을 들어올렸다.

"정말이시죠? 함께 계셔 주실 거죠?"

데미안은 그 후로도 그녀를 한참 달래야 했다. 다짐에 다짐을 받고 나서야 이브는 젖은 제 눈을 비볐다.

"그래도 선생님 말씀처럼 사람들과 함께 지내고 싶기는 해요."

그녀가 배시시 웃자 데미안은 비로소 안심했다. 그리고 안심하느라 철렁, 하고 한구석에서 무너지며 가라앉는 제 마음은 몰랐다.

"그런데 생각해 보세요."

달빛에 이브의 눈이 보석처럼 반짝반짝 빛났다.

"전 TV에서도 정말 많이 배웠어요. 굳이 학교가 아니어도 괜찮잖아요?"

데미안은 그녀의 눈에 빨려들 것만 같았다.

"당장은 지금이 좋아요. 정말 제가 그곳에 있어야만 행복해질 것 같으세요?"

그래도 세상을 살려면 사회의 상식이란 것을 알아야 하지 않겠는가. 나중에 남에게 속지 않기 위해서라도 사람 사이에서 지내 볼 필요가 있었다.

데미안은 학교에 다니는 학생들이 배울 지식을 직접 가르쳤고, 그녀는 점점 잘 배웠다.

"선생님, 전 궁금한 게 정말 많아요. 알면 알수록 늘어 가요……."

처음 지능 검사에서 그토록 낮은 점수를 받았던 것이 믿기지 않을 만큼.

"저는 대체 왜 태어난 걸까요? 어떤 사람들은 우리의 운명이 미리 정해져 있어 그걸 점쳐 볼 수도 있다는데, 그게 사실인가요?"

궁금증은 점차 불어나 가끔은 엉뚱한 곳으로 향했다.

"선생님, 선생님은 본인이 왜 태어났는지 알고 계세요? 저는…… 웃으실 수도 있겠지만, 조금만 더 있으면 알 수도 있겠다는 들어요."

이브가 두 눈을 반짝반짝 빛내며 말했다.

"제가 무엇을 원하기 위해 태어난 것이 아닌가 해요. 선생님 전 더 알고 싶어요. 원하고 싶어요."

2년. 이브는 데미안의 어깨 부근까지 자란 뒤 성장을 멈췄다.

하지만 아주 오랫동안 어린아이와 다름없게 자란 티가 났다. 예를 들면, 폭풍우 치는 밤이었다.

"선생님."

그의 침실 문이 빼꼼히 열렸다. 이브가 문틈 사이로 상반신을 내밀었다.

"저 여기서 자면 안 돼요? 천둥이 너무 무서워요."

그래, 바로 이럴 때.

책을 읽고 있던 데미안은 자리에서 일어났다.

"선생님은 주무시지 않으세요?"

침대에 뉘어 주자 이브가 이불 속에서 꼼지락거리며 말했다.

"이런 날은 잠이 오질 않아서."

데미안은 책이라도 읽어 줄까, 하고 물었다.

"이런 날은 저도 싫어요. 캄캄하고, 우르릉거리고, 방에 있다 보면 이 세상에

저 혼자 있는 기분이 들어요."

이브는 그 물음에 대답은 하지 않고 말했다.

"제가 잠들어도 절 지켜 주실 거죠?"

이브는 곧 잠에 빠져들었고, 데미안은 홀쩍 커 버린 그녀의 긴 속눈썹을 바라보았다. 그 순간 그의 검은 마음에 밝은 빛이 생겼다. 이윽고 우르릉 천둥이 쳐 창을 바라보았으나 비바람뿐이었다.

"……."

검은 창문을 본 순간 데미안은 가슴이 철렁했다.

이브는 그의 침대에서 세상모르게 잠들어 있었다. 데미안은 자리에서 벌떡 일어났다.

"……."

그리고 서재로 가, 그날 캄캄한 밤을 하얗게 지새웠다.

"같이 있어 주신다고 했잖아요."

아침 식사 자리, 이브는 볼멘 얼굴이었다.

"일어나 보니 아무도 없었다고요. 어떻게 그러실 수 있어요?"

데미안은 쓴웃음을 지으며 커피를 마셨다. 이브는 이윽고 두 귀를 축 늘어뜨리고 그의 눈치를 보았다.

"한숨도 못 주무신 얼굴이에요."

그건 아마도 분위기를 민감하게 느껴서겠지.

"……일이 있어서."

데미안은 평소처럼 이브의 머리칼을 쓰다듬어 주었다.

그러나 그가 평소라면 참석하지 않을 학회에 참석하려 홀쩍 떠났던 것은, 그날의 영향이 없다고 말하긴 어려웠으리라.

'돌아오면 화내겠지.'

그것도 말없이.

데미안은 비행기 창가 좌석에 앉아 내리깔린 구름을 내려다보다 문득, 이브의 선물로 무엇이 좋을까 생각했다.

'…….'

그리고 곧 심각해졌다.

'제정신이 아니구나.'

든 자리는 몰라도 난 자리는 안다고는 하지만, 자신은 든 자리를 왜 이렇게 강렬하게 의식하게 되는가.

'함께 있어서겠지.'

데미안은 이 감정이 무엇인지 인식하고는 있었으나, 아직 인정하고 싶지는 않았다.

마음을 어지럽히는 생각을 줄이고자 멀리 떠난 것이었는데, 오히려 생각은 더 많아졌다.

'마치 흰 코끼리 같군.'

흰 코끼리를 떠올리지 말란 말에 피실험자들이 오히려 강렬하게 흰 코끼리를 떠올렸듯이, 이브가 그를 도망치지 못하게 꼭 쥐었다.

'말도 안 되는 일이지.'

데미안은 자주 인파에 둘러싸였고, 충분히 준비되지 않은 채 강단에 서야 할 때도 있었다. 그럼에도 줄곧 그의 생각을 지배하는 것은 이브였다.

'외롭다, 외롭다 하더니 미친 건가.'

물론 데미안은 몇 년 전, 아직 고등학생이었던 여성에게 청혼한 적이 있었다.

'하지만 그건……. 그건 경우가 다르지.'

만약 혼담이 성사되었다 한들, 그녀의 대학 졸업 이후까지 기다렸을 것이다. 게다가 그것은…… 라이프 파트너로서의 성격이 강했다.

'이브는…… 다르지.'

사람들의 필요에 의해 탄생하고, 짐승처럼 길러지다 발견된 존재다. 태어나서부터 단 한 번도, 제 의지대로 살아 본 적이 없으리라.

'……달라.'

물론 나이는, 나이도 문제이긴 하다. 아주 큰 문제이다. 하지만 그것보다 더 마음에 걸리는 것은 좀 다른 문제였다.

'이건 아니지. 그 애는 제가 아직 원하는 것이 뭔지도 모를 뿐 아니라, 좁디좁은 제 세계엔 내가 전부인데.'

이건 윤리의 문제였다. 가르치는 학생과 사귀는 교수보다 더한 잘못이다.

'나는 그 애한테 절대적인 위치야. 말 한 마디, 한 마디가 절대자의 음성이나 마찬가지겠지.'

제 품에 매달려 자신을 버리지 말아 달라고 하는 아이에게 무얼 어쩐단 말인가?

'네가 마음에 있다고? 그렇게 말하라고?'

이브는 제가 무슨 짓을 하는지, 당하는지도 모를 것이다. 데미안은 상상하는 것만으로도 죄스러웠다. 앙상한 나뭇가지 같던 아이를 본 것이 불과 몇 년 전인가?

'나는 아직 아무것도 하지 않았어.'

그는 제가 아무것도 모르는 소녀를 가두어 둔 사악한 용, 혹은 라푼젤을 성 안에 가둔 마녀로 생각되었다.

사랑을 못 해 본 것은 아니나, 하필이면, 어찌 저리 작고 연약한 것에 흔들렸는가? 마치 한밤중의 폭풍우처럼, 마음이 벼락과 우레와 같이 동요했던 것은 사실이다. 그걸 부정하진 않겠다.

'접자.'

학회 마지막 날 캐리어에 짐을 넣고 지퍼로 단단히 잠그며, 데미안은 제 마음도 잠그자 다짐했다. 적어도 그녀를 연구소에 가두었던 인간들과 같은 종자는 되지 않기로 했다. 약속했지 않은가. 지켜 준다고.

"어떻게……! 어떻게 말도 없이 가실 수가 있어요!"

집으로 돌아오자 역시나 이브가 화를 냈다.

"여기 아주머니나 아저씨들은 선생님 연락처도 알려 주지 않고! 정말 너무해요! 휴대전화 번호 알려 주세요!"

차가 로비에 도착하기 전부터 차 문을 두드리던 이브가 원망스러운 얼굴로 데미안에게 안겼다.

"이브."

"저 두고 가시니 좋았어요? 말 정도는 해 줄 수도 있잖아요!"

데미안은 대답 대신 웃으며 이브의 머리에 뭔가를 푹 눌러 씌워 주었다. 붉은색 리본이 달린 흰 펠트 중절모였다.

"이게 뭐예요?"

"선물이야."

그 말에 이브는 눈만 들어 모자의 챙을 흘긋했다. 그리고 곧 머리에 푹 눌러 쓰인 모자를 벗어 이리저리 살펴보았다.

"예뻐요! 잘 쓸게요!"

이브는 글썽이던 것을 금세 잊었다.

"이거 절 위해 사 오신 거죠!"

"그럼."

데미안은 이브의 머리칼을 쓰다듬어 주다 물었다.

"이브, 선생님 다니는 학교에서 공부 한번 해 볼래?"

"……네?"

들은 말을 이해할 수 없다는 얼굴로 이브는 눈을 깜박깜박 떴다.

"어떻게요?"

"들어가서 말할까?"

그가 종신 교수로 재직하고 있는 대학엔 각 학년 정원의 5퍼센트 비율로 청강생을 받았다.

"강좌의 과제에 참여하거나 학위를 딸 수는 없지만, 강좌를 살펴보고 원하는 수업을 골라 들을 수 있지."

학위를 딸 수는 없지만, 정원 외로 대학의 수업을 들을 수 있는 제도였다.

"얼마큼이나요?"

"네가 원하는 만큼."

"그럼 선생님의 수업도요? 선생님의 수업도 들을 수 있나요?"

이브의 말에 데미안은 고개를 끄덕끄덕했다. 그 순간 이브의 눈망울에 반짝, 생기가 돌았다.

"좋아요!"

그녀가 외쳤다.

"선생님 일하시는 데 가 보고 싶어요! 선생님이 가르치시는 것도 보고 싶어요!"

아무래도 떡고물에 관심이 더 많은 것 같지만 어쩌랴. 그는 이브에게 더 넓은 세상을 보여 줄 의무가 있었다.

학교에는 그의 추천장으로 이브의 신원을 증명할 수 있었다. 성은 그의 어머니 것을 땄고, 먼 친척이라 소개했다.

"어머님 쪽이죠. 올해 스무 살이 되었고 이브 아비시니아라고 합니다."

모자의 뚫린 구멍 위로 솟아오른 귀나, 꼬리뼈 부근이 살짝 갈라진 원피스 자락 새로 살랑대는 표범의 꼬리 덕분에 의심을 사지도 않았다.

"아! 정말 좋아요!"

꼬리를 지팡이 끝처럼 말고 이브는 너른 대학을 산책하듯 돌아다녔다. 걷기엔 너무 넓은 곳이라 차에 태워 준다 해도 걷기를 원했다.

'충분히 그럴 수 있지.'

좁고 답답한 곳은 딱 질색이라고.

'실험실 안이 얼마나 좁았을까.'

이브가 집에서 하듯이 자연스럽게 팔짱을 껴 오는 바람에 데미안은 놀랐으나, 곧 만들어 낸 신원을 생각하고 어울려 주었다.

"선생님! 선생님!"

그녀가 그의 어깨에 매달려 방긋 웃었다.

"여기서 선생님이 일하시는 거죠! 학생도 가르치고 공부도 하고!"

이브는 열심히 학교 강좌를 살펴본 다음 제 시간표를 짰다. 데미안은 이브를 도와주며 아이를 처음 대학에 보내는 학부모가 된 심정이었다.

'이게 맞지.'

하지만 제가 짠 시간표를 그대로 준수하는 것은 아닌 모양인지, 이브는 불쑥불쑥 데미안의 강의실에 나타났다.

'저 아이가 듣기에는 어려운 수업일 텐데.'

강의실에 앉아 있다고 딱히 무얼 하는 것은 아니다.

'갑자기 손을 들고 말도 되지 않는 질문을 하는 건 아닐까, 집에서처럼?'

걱정과 달리 이브는 먼 자리에 앉아 눈을 마주치면 방긋방긋 웃으면서도, 조용히 강의를 듣고 끝나면 학생들의 물결에 섞여 사라졌다.

"이건 〈드로잉 연습〉 시간에 그린 크로키인데요. 꽤 잘 그렸죠?"

이브는 데미안의 바람대로, 어쩌면 또래의 학생들을 사귀고 있는지도 몰랐다.

"이 아이는 누구니?"

"음, 누구더라…… 테이, 테어도어?"

며칠은 점심때마다 식사를 함께하자고 찾아오던 것이 잠잠한 것을 보니 말이다.

"옆에 앉은 사람을 그려 주래요, '저는 청강생인데요?'라고 했더니 그래도 상관없다는 거예요."

"……."

크로키에는 꽤 멀끔한 남학생이 그려져 있었다. 그래서 데미안은 이브가 잘 적응하는 줄 알았다.

"대체…… 왜 그랬니?"

강의가 끝난 뒤, 이브가 제 강의를 듣는 여학생의 머리를 쥐어뜯지 않았다면 말이다.

"……흐어어어엉."

"울지만 말고."

그녀의 보호자인 데미안이 낄 수밖에 없었다. 여학생들은 교수인 그가 다툼에 끼어들자 적잖이 놀란 눈치였다.

"이브."

수습하는 데 한참 걸렸다. 이브는 교수실에 앉아 엉엉 서럽게 울기 시작했다.

"내 잘못 아니에요!"

난데없이 봉변을 당한 여학생들은 다행히 이브가 그의 친척이란 사실을 알고 나서 우물쭈물하더니, 큰 문제는 일으키기 싫다며 돌아갔다.

"이유를 말해 주어야 내가 알지. 이브, 웅?"

데미안은 손수건을 꺼내 이브의 뺨을 닦아 주었다. 그녀는 한참 씩씩거리더니 말했다.

"하지만 그 여자애들이 선생님을 욕했다고요!"

그는 한숨이 나왔다.

'학생들은 그래서 곱게 돌아간 거군. 잡음 일으키지 않고.'

뒤에서는 총리 욕도 할 수 있다. 물론 기분이 좋진 않았지만, 큰 문제를 일으킬 만한 일은 아니었다.

"그럴 수도 있지, 이브."

오히려 학생들이 별말 없이 돌아가 준 것이 감사할 정도였다. 데미안은 이브를 달랬다.

"내가 그 학생들의 교수잖니. 불만이 있을 수야 있겠지."

그의 말에 이브의 두 눈이 동그래졌다.

"제가 잘못한 거예요?"

"아니지……. 그건 아닌데……."

데미안은 저도 모르게 다시 한숨을 푹 내쉬었다.

"아니지만……."

이브에겐 아직 세계가 너무 좁다.

'이걸 무엇이라 설명해야 할까.'

그녀는 정말로…… 플라스크 안에서 만들어진 작은 소인 같다. 이제 플라스크는 깨졌고, 그녀는 자라야 하는데.

"이브, 네 마음은 고맙지만……."

데미안은 마른세수를 했다.

"나는 성인이야. 나는 내가 지킬 수 있단다. 그 아이들이야 그저 내 제자일 뿐이지. 그러니 나를 지킬 생각은 하지 않아도 괜찮아."

데미안은 말을 마쳤다.

"선생님……."

하지만 이브의 커다란 눈에서 눈물방울이 유리구슬처럼 흘러내렸다. 그리고 그녀의 입술이 그에게 물었을 때, 데미안은 아무 말도 할 수 없었다.

"그럼 선생님은 누가 지켜 주나요?"

정말로 아무것도 모르겠단 얼굴이었다.

"선생님은 절 영원히 지켜 줄 것이라 하셨잖아요. 제가 이미 성인이고 이보다 더 커진다 해도……?"

이브가 물었다.

"약속해 주셨잖아요. 그런데 제가 아니라면, 선생님은 누가 지켜 주나요?"

순진하기에 폐부를 찌르는 질문이었다.

"어른이란 이유로 아무도 선생님을 지켜 주지 않는다면? 선생님이 약해지거나 힘들 땐?"

그는 대답 대신 이브의 눈물을 손끝으로 닦아 준 뒤, 차를 권했다.

가슴이 진정되고 나서 이브는 좀 지쳤던 모양이었다.

"저 여기서 잠깐 자고 가도 되죠?"

그러곤 태평하게 소파에 누워 잠들어 버렸다. 데미안은 담요를 이브의 몸 위에 꼼꼼히 덮어 주었다.

"……."

그녀는 곧 세상모르고 잠들었다.

"……."

제 말이 데미안을 흔들어 버린 것을 모르고.

이 세상엔 반드시 통용되는 몇 가지 원리가 있는데, 그중 하나가 작용과 반작용의 법칙이었다. 한 물체가 다른 물체에게 힘을 가하면, 동시에 힘을 받는 다른 물체도 힘을 가하는 물체에게 크기가 같은 힘을 반대로 가한다. 야구 방망이가 야구공을 밀어 때린다면, 야구공 또한 야구 방망이를 같은 힘으로 되민다는 것이다.

세상 모든 힘이 그런 식으로 반응한다. 만약 감정 또한 같은 방식으로 작용한다면, 지킨다는 것은 반대로 지켜지는 것일까? 그런 식으로 세상이 굴러가는 것일까?

데미안은 소파에 한 손을 짚고 잠든 이브의 얼굴을 물끄러미 내려다보았다.

"······."

여학생들이 한 욕이야 단 한 점도 궁금치 않았다. 궁금한 것은 이 상황을 어떻게 헤쳐 나가야 할지였다.

'네가 내게 품은 감정은 동경 내지 호기심이겠지?'

데미안은 미간을 찌푸렸다. 이브의 눈가에 스치듯이 난 붉은 상처를 발견했던 것이다.

'저런······.'

그 순간 데미안의 마음에 스윽 면도날이 스치고 지나간 듯했다.

'다쳤구나.'

사람은 언제나 부딪히고 깨지거나 다칠 수 있는데, 겨우 누군가의 눈가에 난 생채기 하나에 가슴이 철렁했다.

'내가 아무리 지켜 주려 해도 너는 부딪치고 다치며 성장하겠지. 그리고 성장하고 나면······.'

데미안은 생각을 멈추려 했지만, 한번 굴러간 생각은 이윽고 결론에 다다랐다.

'다 성장하고 나면 내가 필요 없게 되겠지. 진정한 어른이 된다는 건 혼자가 되는 법을 배우는 것이니까.'

하지만 어른조차도 누군가를 원한다. 갈망한다. 그도 한때 갈망했었다. 지금은 포기한 꿈이건만, 불쑥 나타나 그를 괴롭힐 때가 있었다.

'내 마음만 어지럽구나.'

하지만 삶의 파트너가 필요한 것이었지, 때늦은 짝사랑에 허우적거리려는 것은 아니었다.

'미친 생각이다.'

하지만 사랑이 어디 예고하고 오던가?

'내 머릿속에서 이것을 빨리 걷어내야 해.'

세상 모든 사람이, 사랑해야 하고 사랑할 만한 사람만 사랑하던가?

'부질없는 희망이지.'

사랑은 하늘에서 떨어지는 벼락이고, 눈먼 장님이고, 그리하여 그가 사랑하게 된 것은 플라스크 속에서 자란 소녀였다.

'말도 안 되는 일이야. 아무것도 모르는 아이에게 내 마음을 강요할 수는 없어.'

크고 맑은 눈과 표범의 몸, 사슴뿔과 불로 지져진 날개를 가진 소녀.

'내가 그 애의 보호자이고 아버지나 마찬가지인 사람인데······.'

그날 밤 데미안은 뒤척거렸다. 뒤척거리며 어디로인가로 도망가고 싶었으나 갈 곳이 없었다.

'못할 짓이다.'

그가 도망쳐야 하는 것은 자신의 감정, 자신의 마음이었으니.

'내가 원한 것은 함께할 만한 사람이었지, 매일 밤을 지새우게 하는 눈먼 열정이 아니었어.'

지금 그의 방과 얼마 떨어지지 않은 곳에서 이브는 새근새근 자고 있을 것이었다.

데미안의 마음만 요동칠 뿐, 며칠간은 아무 일도 일어나지 않았다.

"……."

"식사가 입에 안 맞니?"

"그건…… 아닌데요."

물론 이브는 그가 제 편을 들어 주지 않은 일에 마음이 좀 상한 모양이었다. 아침을 먹는 둥 마는 둥했고, 저녁을 거르기 일쑤였다.

"그래?"

물론 데미안은 아무것도 모르는 척 씁쓸한 웃음을 짓고는 놔두었다.

그리고 어느 날, 교수실에 노크 소리가 울렸다.

"예, 들어오세요."

머릿속에서 이미 지워진 일의 등장인물들이 찾아왔다.

"교수님…… 시간 괜찮으세요?"

여학생 두 명이 음료수 박스를 안고 창백한 얼굴로 찾아왔을 때, 데미안은 그 이유를 몰랐다.

이브와 싸웠던 그 여학생 두 명이 데미안의 교수실에 들어섰다.

알고 보니 이브와 싸웠던 일이 제 발 저려 찾아온 것이다. 두 사람은 한참 다른 말은 못하고 죄송하다는 말만 반복했다.

"저희, 저희는 정말로 그 애가 교수님과 친척인 줄은 모르고요……."

가끔은 몰라도 되는 일이 있는데, 바로 지금 같은 일이다.

"후……."

학생들이 돌아가고 난 뒤 데미안은 얼굴을 감싸 쥐었다. 익숙해졌다 생각했는데 수치심은 늘 새로웠다.

"세상에……."

이브가 그 험담을 들었다 생각하니 더더욱.

사람들이 오르지 못할 나무를 깎아내리는 것은 흔히 있는 일이다.

'틀린 말을 한 것도 아닌데.'

시원한 그늘을 가져다주는 나무가 열매를 맺지 못한다고 흉을 보는 일 또한 마찬가지였다.

'하지만 수업법이 마음에 들지 않는다는 것도 아니고…….'

이브가 들은 말은 데미안의 특질에 관한 것이었다. 그가 아무리 대단한 업적을 쌓아 봤자, 멸종될 종이라는 것…….

씩씩거리던 이브의 얼굴이 떠올랐다. 이대로는 안 되겠단 생각이 들었다.

물리적 거리가 너무 가까워진 탓일 수 있다. 일정 거리 안에 남녀가 함께 있으면 응당 일어날 수 있는 일이다.

"무슨 일이세요?"

데미안은 이브가 대학에서 돌아오자마자 서재로 불렀다. 이브는 언제 삐졌냐는 듯이 헤헤 웃으며 문을 열고 빼꼼히 고개를 내밀었다.

"이브. 내 생각에는……."

연고 없는 이브의 지원을 끊을 생각은 전혀 없지만, 우선 그녀가 독립하는 것이 좋겠다고 생각했다.

"이제 너도 성인이니 슬슬 혼자 설 준비를 해 보는 게 어떨까?"

마음 같아선 이 집에서 자신이 나가고 싶은 심정이었지만 말이다.

"준비…… 라면요?"

"지금 당장 하라는 것은 아니지만, 네 또래의 애들은 집을 구해 그곳을 꾸며 보기도 하고……."

이브가 좋아할 만한 말을 꺼내 보았지만, 아무래도 그녀의 마음엔 들지 않았던 모양이었다.

주룩…….

"지금 저 쫓아내겠단 말씀이시죠?"

"그게 아니라……."

"뭐가 그게 아니에요? 저더러 나가라는 거잖아요. 흐어어엉……."

그 말을 끝으로 세상이 끝난 듯이 울어 버리는 통에 데미안은 더 이상 아무 말도 꺼내지 못했다.

'이브 또래의 애들은…… 독립을 원하지 않나? 한창 제 마음대로 하고 싶은 나이가 아닌가?'

자신의 경험에 비추어 보려 해도, 그는 그때 이미 이 학교의 종신 교수였으므로 평범하진 않을 것이었다.

'알 수가 없네.'

이브가 눈물을 보이는 것으로 자주 제 의견을 밀어붙이는 건 머리로는 알았다. 그러나 그녀의 눈물을 보면 데미안은 아무래도 물렁물렁해질 수밖에 없게 되었다.

'이래서 내가 나가고 싶은 거지.'

밤은 지나갔다. 한 차례, 두 차례.

단순히 청강일 뿐이었지만, 이브는 바싹 마른 스펀지가 물을 빨아들이듯 지식이라면 무엇이든 빠르게 흡수했다. 하지만 친구는 없었다.

'당연하지. 같은 강의실에 있다고는 하지만 실제로 참여할 수 있는 것도 아닌데.'

이브는 투명인간이나 마찬가지였다. 그녀를 아는 것은 저뿐이었다. 그러니 이브가 더더욱 자신에게서 벗어날 생각을 하지 못하는 것이다.

'옳지 못해.'

이런 상황에서 친구를 사귀는 일은 무척 어렵다. 데미안도 친한 지인을 몇 알고 있지만, 친구라면 글쎄…… 였다. 그렇다면, 좋은 짝을 찾아주는 것은 어떨까.

'좋은 짝……?'

이브는 아름답고 영민했다. 그녀를 좋아할 남자라면 이 세상에 널리고 널렸을 테지.

'하지만…….'

역시나 걸리는 것은 이브의 신분이었다.

잠은 점점 줄고, 고민은 점차 늘어 갔다. 이브의 존재를 아는 사람은 없다. 그녀를 알고 확인해 줄 사람이 없다면, 그녀는 존재하지 않는 것이나 마찬가지다.

'내가 불의의 사고로 죽으면, 유언장에 이브의 이름을 쓴다 한들…….'

게다가 제 짝도 찾지 못하는 주제에 그녀의 짝을 대체 어떻게 찾아준단 말인가?

"선생님이 내 아빠가 되는 건 싫어…….."

누구는 그러고 싶다던가?

"휴……."

데미안은 관자놀이를 손끝으로 꾹꾹 눌렀다. 한숨이 흘러나왔다.

방법이라면 있었다. 쓰고 싶진 않았지만…….

그해 데미안은 〈주피터〉라고 불리는 정부 실험 프로그램에 참여했다. 실험이 그의 의사에 반하는 데다 노예 계약이나 다름없는데도 말이다.

"신분증이요?"

그리고 정부의 개가 된 대가로 이것을 얻었다.

"그럼 이제 이거로 뭐든지 할 수 있는 거예요?"

이브는 제 신분증을 들여다보며 몇 번이나 물었다.

"그래."

"여기 이 성은 누구 거예요?"

데미안은 미간을 찌푸리며 웃었다.

"글쎄…… 그것까진 잘 모르겠구나."

아비시니아. 성은 표범의 특성을 가진 라운드 중 가장 흔하고 많은 것을 구했다. 가명을 쓸 때 표기했던 성이기도 했다.

"싫으니?"

이브는 눈을 빛냈다.

"그럴 리가요! 감사해요!"

하기야 그도 이브에게 레오폰이란 꼬리표를 달아 주고 싶진…… 않았다.

"좋아하니 다행이구나."

아니, 달아 주고 싶은 시절도 있었다. 그러나 누군가 뒤에서 그녀에 대해 수군거리면 이성을 잃지 않을 자신이 없었던 것이다.

"그럼 이제 대학 입학 자격 시험부터 봐 볼까?"

데미안이 말했다. 그리고 이브는, 모자를 벗지 못한다는 것만 제외하곤, 아주 평범하게 살 수 있는 기회를 얻었다.

"선생님! 제 점수 좀 보세요!"

원하기만 한다면 술을 마실 수도, 대학에 입학할 수도, 아르바이트를 할 수도 있었다. 겨우 플라스틱 카드 한 장을 얻었을 뿐인데 말이다. 그리고 데미안은 이 일로 인해 순조롭게 유언장을 새로 고칠 수 있었다.

'지금까지는 모든 것을 사회에 환원하겠다 생각했지만…….'

변호사에게 유언장을 구술하는데, 감회가 새로웠다. 지금까지 한 일이 보람

없던 것은 아니었지만, 새로운 의미가 생긴 듯했다.

'이제 내게 남은 것은……'

마지막 남은 것은 이브를 독립시키는 일이었는데, 역시 힘들었다.

"저 선생님 계시는 대학에 입학할래요! 선생님이 공부하는 걸 저도 공부할 거예요!"

'공부를 정말 원해서 하는 걸까? 아니면, 나 때문일까……'

후자임이 틀림없었다. 그는 쓴웃음을 지었다.

한편, 이브의 맞선 상대를 찾는 건 무척 힘들었다.

'어딘가에는 분명 있을 텐데……'

어쩌면 불가능한 일을 하는 게 아닐까 싶기도 했다. 제 짝도 구하지 못한 남자가 말이다. 그러나 등잔 밑이 어둡다 했던가. 찾아보니 있었다. 아주 가까운 곳에.

"이야기를 들어 보니 정말 만나 뵙고 싶은데요."

단 다섯 명의 레오폰 중 젊은 사람은 저를 제외하고 한 명뿐이었다. 그 한 명은 축구 선수로 활동하는 20대 초반의 젊은 청년이었다.

"저와 공통점도 있을 것 같고요."

데미안은 그를 인터뷰하는 동안 평정을 가장했지만, 속으로는 공주를 빼앗기는 늙은 용이 어떤 심정인지 알 것만 같았다.

'그래. 나보다야 이 남자가……'

실은 그리 늙지도 않았는데도.

'……더 이브와 어울리겠지.'

그리고 며칠 뒤의 일이다.

데미안은 간신히 들었던 잠에서 깨어났다. 무언가가 축축하게 그의 가슴팍을 적시고, 또 짓누르고 있었다.

"어떻게 저한테 남자를 소개해 주실 수가 있어요?"

눈을 떴더니 잠옷 차림으로 제 가슴 위에 앉아 울고 있는 익숙한 형체가 보였다.

"한번 주웠으면 책임지셔야 하는 거잖아요. 그런데 어떻게 다른 사람에게 절 떠넘기려 하세요?"

이브였다.

"어떻게 저한테요?"

데미안은 할 말을 잊었다. 이브가 울면서 말했다.

"선생님을 사랑해요."

그는 지금 이 일이, 조금도 과장 없이 꿈속의 일 같았다.

"……이브."

"저, 선생님이 아니면 그 누구도 싫어요."

플라스크 속의 공주님이 말했다.

"선생님과 함께 살고 싶어요."

한때 연금술사들은 플라스크를 신방 삼아 남성과 여성의 금속소를 섞어 불에 달구면, 그 안에서 아름다운 공주님이 탄생한다 믿었다.

'어떻게 그렇게 똑똑한 사람들이 그런 멍청한 생각을 할 수가 있지?'

그들의 믿음 속에서 태어난 공주님은 만병의 영약이며 지혜의 정수였다. 현자의 돌 말이다.

'저 밖의 인간들은 정말 너무 멍청해.'

공주님은 배양액 속에 잠겨 생각했다. 연구원들은 본인들이 공주님을 바라보며 연구하고 있다 생각했지만, 실은 반대였다.

공주님이 '플라스크'라고 불리는 배양액이 가득 든 실험관에서 눈을 뜬 것은 태어난 지 5년쯤 후의 일이었다.

'밖의 저것들은 뭐지?'

그 후로도 그 안에서 오래오래 살다가 그녀는 밖으로 구출되었다. 수많은 사람이 질문을 던졌다.

'어쩌란 거야……?'

자신이 질문에 대한 답을 알고 있다 한들, 왜 저들에게 대답해 주어야 하는가? 공주님은 그냥 고개를 갸웃거렸다. 이따금은 흔들기도 했다.

'내가 유용하단 걸 알자마자 너희는 날 이용하려 들 거야. 살점을 떼어 기구 속에 넣은 뒤 들여다보거나 날 먹으려 하겠지.'

공주님이 원하는 반응을 보이지 않자, 그들은 연구원과 같이 실망한 표정을 짓고는 그녀를 희고 작은 방에 가두었다.

'확실히 플라스크 안이 편했어.'

배양액이 없으니 스스로 먹고 숨을 쉬어야 했고, 머리에 컴퓨터와 연결된 단자도 달고 있지 않으니 입을 열어 말해야 했다.

'무료하고 심심해. 인간들은 날 어쩌려는 거지?'

플라스크는 한 개가 아니었고, 그 속에 담겨 있던 다른 공주님들이 처분되는 경우도 왕왕 있었다. 죽음이 두려운 것은 아니지만, 이렇게 태어났는데 아무런 일도 겪지 못하고 사라지는 건 재미없다.

'재미없어.'

한참을 재미없어하고 있는데, 한 남자가 다가왔다. 그는 그녀의 시선을 끌었다.

'저 사람도 나와 같이 섞였네……?'

묘한 모습이었다. 남자는 한참을 무어라 말하더니 공주님을 끌어당겨 안아 올렸다. 품이 따뜻했다. 그리고 그녀는 차 뒷좌석에 태워졌다. 안전벨트를 맨 채, 공주님은 눈을 깜박깜박 떴다. '차'라는 것은 처음이었다.

'어디로 가는 거지?'

방 밖은 무척 눈이 부셨다. 하지만 그것보다 더 놀란 것은 노을이었다.

"……."

실험실은 언제나 간단한 조작으로 눈이 부실만큼 밝아지거나 캄캄해졌다. 그런데 이 밖의 세상은…… 천천히 빛과 어둠이 섞여 드는 것이다. 무척 아름다운 빛을 내면서.

"아…… 아……."

차창에 매달려 공주님은 신음했다.

"어디 아프니?"

남자가 물었다.

도착한 곳은 이전에 살던 플라스크 속과는 전혀 다른 세상이었다. 그 세상에서 공주님은 이제 '이브'라고 불렸다.

"우선은…… 네 이름을 이브라 하자."

"……."

"마음에 안 드니?"

남자는 이브가 한 번도 만나 보지 못한 유형이었다. 질문에 이브가 고개를 갸웃갸웃하자, 화를 내거나 채근하는 대신 함께 갸웃거렸다.

"이브?"

그리고 며칠 뒤, 그녀를 본인의 무릎에 앉혔다.

'뭐지?'

그러더니 제 손에 뭔가를 쥐여 주는 것이다.

"자, 이건 사과라고 한단다."

그러더니 다른 손에는 또 조금 울퉁불퉁한 구체의, 입 안이 새큼해지는 향이
나는 뭔가를 쥐게 했다.

"이건 오렌지."

알고 보니 말을 가르쳐 주려는 것이었는데, 신기한 경험이었다.

'이 남자도 연구원인가?'

이브는 남자를 실망하게 만들려고 그가 준비한 시험이 무엇이든 망쳤는데, 인
내심이 대단했다.

"……."

그리고 어느 날 시험이 모두 끝났다.

'절반 정도는 맞춰 볼걸.'

시험이 끝나면 어떻게 되는지 몰랐던 이브는 당황했다. 그 즈음엔 배양액 속
세상보다 지금 이곳이 좋아져 있었다.

'여긴…… 이전보다 훨씬 다채로워.'

입 안을 시고 달고 짜게 하는 것들이 넘쳐나고, 손을 뻗으면 차갑고 뜨겁고
딱딱하고 부드러운 것을 만질 수 있다.

'다시 돌아가고 싶지 않아.'

무엇보다도 이브는 이 남자가 궁금했다. 호기심을 자극하는 것은 그녀와 닮
은 구석이 있는 외형뿐만이 아니었다.

'아니, 그것도 물론 중요한데……!'

맑은 하늘, 아니, 그것보다 더 아름다운 색깔의 눈동자, 알록달록한 꼬리, 반
원형의 귀, 쭉 뻗은 몸. 그리고 몹시도 잘생긴 얼굴이 마음에 든다.

'내가 본 사람 중에 가장 예뻐.'

하지만 가장 마음에 드는 것은, 그가 자신에게 온 정성을 다하면서도 아무것도 바라지 않는다는 점이었다.

'그럼 나를 왜 키워 주는 거예요? 왜 정성을 쏟는 거예요?'

이브는 묻고 싶었지만, 차마 묻지 못했다. 저를 아는 모두가 원해 왔다. 제가 뭔가를 알고 있다고 생각했고, 안다면 그 지식을 내어 주기를 원했고, 멋대로 실망했다.

"너는 호문쿨루스! 현자의 돌이잖아! 어떻게 또래 인간들보다 못해?"

'설령 내가 이 세계의 비밀을 안다 한들 그것을 왜 너희가 가지기 원하지? 너희가 나의 창조주이기 때문에?'

이브는 남자의 집에 와서도 며칠간을 오들오들 떨었다. 이용 가치가 없기 때문에 버림받을지도 모른다는 생각이 처음으로 그녀를 괴롭혔다.

'나는 죽는 게 무서운 게 아니야. 원래라면 태어나지 말았어야 하는 존재인걸.'

무서운 것은 그를 다시는 보지 못하는 것이다.

'나는 당신에 대해 궁금한 게 많아.'

어느 날, 남자가 말했다.

"이브, 잠깐 동안만 선생님과 살까?"

그리고 그녀를 안아 들었다. 선생님의 이름은 '데미안'이라고 했다.

"어디 보자, 벌써 신발이 안 맞니?"

그 이후 아무 변화도 일어나지 않았다. 실험은 멈췄지만 데미안은 이브에게 여전히 많은 것을 알려 주었다.

"발이 아팠을 텐데, 말을 하지 그랬니."

그리고 성심껏 돌봤다. 마치 실험 따위 처음부터 상관없었다는 투였다. 그때쯤엔 이브도 더듬더듬 말하는 척했고, 그 앞에선 애벌레가 나비로 변하는 동화책도 읽었다.

'바보로 보이고 싶진 않아. 나는 이 사람의 앞에서⋯⋯ 평범한 여자애이고 싶어.'

그리고 데미안이 밖으로 외출하고 나면, 그의 서재로 숨어들었다. 그곳에 있는 글들을 닥치는 대로 읽고, 영상이 나오는 물체도 들여다보았다.

'세상은 이런 것이구나.'

이브는 데미안이란 렌즈를 통해 세상을 배워 나가기 시작했다.

'그리고 데미안이란 남자는⋯⋯ 많은 면에서 나와 같구나.'

이브는 알면 알수록 남자가 좋아졌다.

'나는 그가 좋아.'

데미안은 무섭도록 영리했다. 많은 사람이 그의 머릿속에 담긴 것들을 원했다. 그래서 그는 외톨이였다.

'그는 나와 같아.'

이렇게 말하면 무엇하지만, 이브는 이 세상에서 자신만이 그를 이해할 수 있을 것이란 생각이 들었다.

'당신을 이해할 수 있는 것은 나, 나를 이해할 수 있는 것은 당신밖에 없을 거야.'

저 남자가 좋다. 알고 싶고, 이해하고 싶고, 입에 넣고 싶고, 만지고 싶고⋯⋯ 갖고 싶다.

'당신은 무섭도록 고독하고⋯⋯.'

제 마음을 깨달은 순간 이브는 성장했다. 혹한기에서 동면하다 질 좋은 땅에 심어져 폭발적으로 자라는 나무처럼.

'나는 그 고독이 뭔지 알아. 당신을 그곳에서 꺼내 주고 싶어.'

하지만 문제가 하나 있었다. 데미안은 그녀를 여자로 보고 있지 않았다.

"너만 괜찮다면 내가 네 보호자가 되어 주고 싶단다."

"보호자라니요?"

"너를 내 양녀로 들이고 싶다는 말이야. 그럼 학교도 갈 수 있고, 나아가 내 성도 네게 물려줄 수 있을 테고……."

처음 그 말을 들었을 땐, 분명 아이가 떼를 쓰는 것처럼 보일 것을 알았지만, 눈물부터 주룩 났다.

"저는 선생님이 정말 좋아요. 좋지만 선생님이 내 아빠가 되는 건 싫어……."

이게 무슨 말도 되지 않는 소리란 말인가?

바로 그날 밤, 이브는 제 비밀의 일부를 털어놓았다.

"저는 이미 성인이에요. 태어난 지…… 20년도 넘었는걸요."

그 말의 숨겨진 뜻은 이러했다.

―저는 성인이에요.

―얼마든지 사랑할 수 있는.

이브는 꽤 자신이 있었다.

'객관적으로 봐도 나는 아름다워.'

물론 인공적으로 만들어진 생명체인 그녀의 몸은 많은 요소로 이루어져 있다. 괴물이라고 생각하는 사람도 있으리라.

'그게 뭐? 그도 레오폰이잖아.'

하지만 레오폰에겐 아무 문제가 되지 않을 것이다. 이건 오히려 일종의 증명인 것이다.

'바로 내가 그의 짝이야.'

그리 생각하니 가슴이 두근거렸다.

'우리는 운명인 거야.'

하지만 나이라는 게 시간만 지나면 그냥 먹어지는 것이라던가? 이브는 서툴렀다.

'날 여자로 보아 주세요.'

예를 들어 쇼핑에서 자신의 속옷을 슬쩍 보여 준다거나, 폭풍우 치는 밤…….

'오늘이야말로……!'

이브는 속이 비치는 얇은 잠옷 바람으로 베개를 들고 그의 방문을 두드렸다.

'내가 비록 TV나 책으로 사랑을 배우긴 했지만, 남자는 다 짐승이라고 하잖아.'

물론 그건 데미안에겐 통용되지 않는 지식이었다. 아니, 물론 통하긴 했다. 그게 이브의 눈에 보이지 않았을 뿐이지.

'이씨…….'

데미안의 눈엔 여전히 자신이 작고 어리고 귀여운 뿐인 아이로 비치는 것 같았다.

'너무 어려워, 사랑이라는 거…….'

딸뻘의 나이도 아닌데.

그는 다가올 듯 다가오지 않고, 한 걸음 다가가면 딱 한 걸음씩 멀어졌다.

'내가 어디가 어때서?'

이브는 점점 애간장이 탔다. 매일 거울을 멍하니 쳐다보는 날이 늘어 갔다.

'나는 아름다워. 이렇게 예쁘다고…….'

거울을 보면 즐거웠다. 그러나 아름다워 보이고 싶은 누군가가 자신을 바라

봐 주지 않자, 그 일도 점차 시무룩해졌다.

'내가 예쁜가?'

이제 의심마저 되었다. 그때가 바로 학회에서 돌아온 데미안이 이브에게 대학 생활을 권한 시기기도 했다.

'봐! 나 예쁜 것 맞잖아!'

이브는 대학을 활보했다.

'하하하!'

가끔 그녀가 이 대학의 신입생인 줄로만 알고 줄기차게 말을 걸어오는 남자아이들이 있었다.

'날 보라고!'

이브는 신이 났다.

'나 여기 있어요!'

데미안이 학생들을 가르칠 때도 이브는, 그와 둘만의 비밀을 공유하는 사람처럼 뒷자리에 몰래 앉아 싱글벙글했다. 물론 몇 달 뒤, 그년들 머리를 잡아 뜯어 걱정을 끼쳤지만 말이다.

"데미안 교수님 정말 잘생긴 것 같아. 손 한번 잡아 봤으면……."

"아서라. 그럼 뭐 해? 씨 없는 수박 같은 거지, 뭐 맛은 좋을지 몰라도……."

까르르 웃는 여학생들의 농담이 무슨 뜻인지 알아들은 이브의 두 눈에서 불이 튀었다.

"이브, 날 지켜 주는 것은 좋지만 네가 다치면 안 되잖니."

그날 데미안은 이브의 눈가에 반창고를 붙여 주었다.

─시간문제다.

─데미안은 나를 선택하게 될 거야.

―내가 이렇게 예쁘고, 또 데미안은 날…….

그 생각을 산산조각 낸 것은 데미안과의 데이트인 줄 알고 나갔던 카페에서
였다.

'예쁘네.'

카페의 분위기에 히히거리고 있던 이브의 앞에 웬 멀끔하고 덩치 큰 남자가
앉았다.

"여기 자리 있는데요?"

"아무 말씀도 못 듣고 나오셨구나."

남자가 말했다. 그리고 사건의 전말을 알게 된 이브는 밤늦게 택시를 타고
터덜터덜 집으로 돌아왔다.

'그렇구나.'

남자는 뭐 나쁘지 않았다. 하지만 그 자리를 박차고 나갈 수만 있었더라면
그리했을 것이다.

'오늘 웃고 떠들었던 것은 데미안이 마련해 준 자리이니까.'

방금 전까지 이름도 얼굴도 모르던 남자와 노는 게 뭐 얼마나 재미있었겠는가?

'데미안이 직접 고르고 고른…….'

그냥 이 상황이 이브는 분하고, 어이없고, 억울하고…… 무엇보다 슬펐다.

'나는 도저히 여자로…… 보이지 않는다는 거지?'

실은 알고 있었다.

'내가 딸 같은 거지? 보호해 주고 싶은?'

데미안의 마음을 알겠다. 이제 자신에게서 떠나보내고 싶은 것이다. 이브는
제 신분증을 빤히 들여다보았다.

'날 그렇게 내보내고 싶어?'

이제 보니 세상 밖으로 나가란 뜻이었다.

'내가 다른 누군가와 가정을 꾸리고 살았음 좋겠어, 당신은?'

데미안은 상냥하니 독립하고도 얼마간은 자신을 돌봐줄 것이다. 마치 제 일처럼…….

하지만 이브는 그걸 바라지 않았다.

'이제 아무 가치가 없으니까? 날 사랑하지 않으니까?'

이브는 가슴이 아팠다. 플라스크 속에선 단 한 번도 느껴 보지 못했던 통증이었다.

'이럴 줄 알았으면, 거기서 나오지 않는 건데.'

배양액 속은 부드럽고 안온하며 만족스러웠다. 그 안에서 그녀는 더 가질 것도 없었고, 원하는 것도 없었다.

'마음이 아파.'

그런데 밖이란 어떤가? 위험은 곳곳에 도사리고 있고, 감정은 실로 격렬했다. 첫사랑이었다.

'어떻게 나를 사랑하지 않을 수가 있어…….'

격정을 이기지 못한 이브는 노크도 없이 한밤중 데미안의 방문을 열었다. 폭풍우가 무서워서는 결코 아니었다.

"선생님."

이브는 데미안의 위로 올라탔다. 그녀의 긴 머리칼이 그의 얼굴 위로 늘어졌다.

"선생님, 일어나 보세요."

이브가 데미안을 불렀다. 오늘 그녀는 그를 유혹할 작정이었다. 가진 카드를 모두 써서라도 말이다. 데미안은 눈을 떴다.

"선생님 생각해 보세요. 선생님은 절 선택하셔야 해요."

이브가 말했다.

"제가 선생님의 짝 같지 않은가요?"

이렇게까진 하지 않으려 했지만, 지금까지 꺼내지 않은 카드 패를 뒤집지 않고는 견딜 수 없었다.

"절, 절 사랑하시면, 선생님……. 선생님은 모든 걸 가질 수 있으실 거예요."

자신을 매력적이라고 여기지 않는 데미안을 붙잡자면 이 수밖에 없을 것 같았다.

"절 선택하시면 선생님은 세계의 비밀에 대해 알 수도 있어요. 선생님이 원하는 것은 무엇이라도……."

이브의 두 눈에서 눈물이 뚝뚝 떨어졌다.

"알 수 있어요. 설령 영생을 사는 법이나 레오폰이 대를 잇는 법이라 해도……."

바깥 세상에 대한 지식은 아직 설익었지만, 적어도 사랑이 이런 식으로 시작되진 않는다는 걸 이브도 알고 있었다. 하지만 도리가 없다.

"저는 모든 것을 알고 있으니까요."

그녀는 판도라의 상자였다.

"그러니까 절 사랑하세요."

그 안에는 세계를 파괴하거나 발전시킬 수 있는 지식이 들어 있었는데, 자물쇠를 푸는 열쇠가 사랑일 줄은, 상자 자신도 몰랐다.

"사랑해 주세요."

평생 숨겨야 할 지식의 열쇠를 사랑 때문에 타인의 손에 넘겨주리라곤 상자 자신도 몰랐다.

데미안은 어둠 속에서 눈을 깜박깜박 뜨고 있었다. 이브는 그의 몸 위에 올라타기 전에 많은 상상을 했다.

"……."

"……."

예를 들면 데미안 화를 내며 저를 끌어내리리라는 상상, 혹은 그게 무슨 말인지 더 자세한 설명을 요구하는 상상 말이다.

"……."

하지만 이어진 것은 그저 침묵으로, 아래선 데미안의 숨소리조차 들려오지 않았다. 이브는 손을 뻗어 침대 옆 탁자에 있는 등을 켜려 했다.

"이브."

하지만 그의 손에 막혔다.

"잠깐만……."

데미안이 말했다. 그러나 그다음 또 아무런 말도 안 들려오는 것이다.

"……."

이브는 제가 가진 카드를 모두 공개했다. 이제…… 남은 것은 데미안뿐이었다. 애가 끓고…… 탔다.

"오늘…… 그 남자애가 별로였니?"

데미안이 한참 고민한 끝에 건넨 말은, '그게 대체 무슨 말이니'도 아니고 '무슨 소리 하는 거니'도 아니었다.

"지금 제가 뭐라고 했는지 못 알아 들으셨어요?"

이브는 발끈했다. 그녀로서는 일생일대의 고백이었다. 반평생을 이용당하면서 살아온 자신이, 기꺼이 이용당해 줄 수도 있단 것 아닌가.

"선생님을 사랑한다니까요?"

당신의 사랑을 얻을 수 있다면…… 무엇이든 하겠다는 고백이었다.

"다른 사람은 필요 없다고요. 제 말을 무슨 뜻으로 들은 건데요?"

이용당해도 좋을 것 같았다. 상대가 데미안, 당신이라면.

그러나 그가 이다음에 물은 질문은 좀 이상한 것이었다.

"언제부터?"

예상에서 벗어나는 것이었다. 이브는 두 눈을 비볐다. 아무래도 물기가 어려 있어 제대로 상황을 보지 못하는 것 같았다.

"언제부터니?"

데미안이 물었다.

"선생님을 처음 만났을 때부터……."

사랑의 시작은 대체 언제부터였을까? 이브도 많이 고민해 보았다. 아무래도 자각하지 못했지만…… 처음이었던 것 같았다.

"좋아했어요. 우리가 함께할 운명이라고 느꼈어요. 선생님이 다른 누구도 아니고 선생님이기 때문에…… 사랑하게 되었어요."

"……."

"제 사랑을 받아 주세요, 선생님."

즐겨 보던 TV 드라마에 나오는 명대사였는데, 이브는 어둠 속에서 그가 이 드라마를 보지 않았기를 빌었다.

"다른 사람은 필요 없어요. 선생님이 제 곁에 영원히 계셔 주시길 바라요."

또 한참 아무 말이 들려오지 않았다.

"……."

"제 말 그냥 하는 말이 아니에요."

이브는 점점 다급해졌다. 말도 되지 않는 소리라고 데미안이 일축하지 않았기 때문에, 희망이 생겼는지도 모른다.

"정말로 저는 선생님께 많은 것을 알려 드릴 수 있어요, 예를 들면 지금 선생님이 연구하시는……."

이브는 거기까지밖에 말하지 못했다. 데미안의 손이 그녀의 어깨에 얹어지더니 제 옆으로 끌어내렸던 것이다.

"네가 그렇게 여겼다면 그게 맞겠지."

이브는 침대에 털썩 등을 대고 누웠다. 얼굴이 가까워지자 그의 눈이 보였다.

"그렇지?"

무슨 뜻인지도 모르면서 이브는 고개를 끄덕였다. 그리고 말을 마저 이으려 했다. 하지만 그러질 못했다.

"⋯⋯!"

그녀의 입술을 그녀보다 따스한 것이 덮었기 때문이었다. 이브는 처음이었지만, 뭘 어찌해야 하는지는 알았다. 본능적으로⋯⋯.

"⋯⋯."

덜덜 떨면서도 이브는 두 팔로 착실하게 데미안의 목을 끌어안고 눈을 감았다. 기분이 무척 이상했다. 그의 청량한 향수 냄새와 섞인 살냄새가 강하게 풍겼다. 그리고 밀려들어 오는 혀.

'좋아⋯⋯.'

혀는 무척 부드럽게⋯⋯ 그녀의 입술을 적시고 만지작거렸다.

'이런 감촉은 처음 느껴 보지만 좋아⋯⋯ 맛있어⋯⋯.'

이브는 정신이 없었지만, 매달리듯 끌어안은 데미안의 목을 놓을 생각은 전혀 없었다.

'너무 좋아, 이 사람이 좋아.'

이브는 이 사람이 원하는 것은 무엇이든 해 주고 싶었다. 그러고 싶어졌다.

"선생님."

잠깐 입술과 입술 사이가 떨어졌을 때, 이브는 그의 어깨에 머리를 숨기듯 비볐다.

"너무 좋아요. 전 이제 선생님 거예요, 마음대로 하세요⋯⋯."

정말 너무 좋았다. 자신은 바로 이런 걸 알기 위해 태어난 듯싶었다.

바로 이 순간이다. 이 순간, 데미안이 원하기만 했더라면 그는 이 세상의 작동 원리를 알 수도 있었다. 이브를 통해.

학자로서 정점에 이를 수도 있었고, 혹은 그토록 갈망했던 자손을 통해 영생을 얻는 방법을 알 수도 있었다. 아예 그 상자 속의 밑바닥까지 탐욕스럽게 파낼 수도 있었다. 그가 원하기만 했더라면.

하지만 데미안이 원하는 것은 상자 그 자체였다.

"이브, 널 사랑해."

영생을 살거나 레오폰의 대를 이을 수 있게 하는 지식이 아니라, 사람이었다. 오랫동안 데미안은 이 순간을 원하고 있었다. 어둠 속에서 그가 그르렁거렸다.

"이브."

아주아주…… 오랫동안 외로움을 참아 온, 견뎌 온 짐승이 말했다.

"그런데 그건 네가 뭔가를 알거나 나한테 줄 수 있는 것이 있기 때문이 아니라…….'"

외로움과 고독은 만인을 평등하게 갉아먹는 괴물이었다. 이 괴물 때문에 사람들은 타인을 갈망했다. 그러지 않는 것이 더 쉽고 안전한데도.

'누군가를 찾고 싶어.'

데미안은 오랫동안 고독했다. 자신이 몸담고 있는 분야에서도 그 밖에서도, 마음 맞는 동료를 찾을 수가 없었다.

'외로움은 모든 사람의 마음에 있는 것이란 걸 알아. 설령 혼자가 아니라 둘, 셋 이상이라 할지라도…….'

머리로는 알고 있었다. 외로움이란 무척 공평하게 고루고루 모든 사람에게 나누어진다는 것을.

'그러나 모두가 나만큼 고독한가, 정말로?'

데미안은 이따금 미쳐 버릴 것만 같았다. 그 갈증을 곁에 있는 그 누구도 해

소해 주질 못했다.

'나를 외롭지 않게 지켜 줄 사람, 외롭지 않게 내가 지켜 줄 단 한 사람이 필요해.'

그늘 한 점 없는 사막을 걷는 것 같았다. 오아시스는 요원했고, 설령 있다 하더라도 이미 다른 사람이 몸을 누이고 특혜를 즐기고 있었다.

'이것이 나의 운명인가?'

그는 멈추지 않고 걸어갔다. 희망은 점점 옅고 희미해지더니, 이내 별똥별의 긴 꼬리처럼 선을 긋고 사라져 버렸다.

'처음부터 내정되어 있던 덧없음인가?'

갈증이 극에 달하다 보니 느껴지지조차 않았다. 성사될 뻔했던 혼담이 깨어지자, 데미안은 제 생에 이것이 허락되지 않을 것이라 여겼다.

'운명이라면 견뎌야겠지, 죽기 전까지.'

이브가 나타나기 전까지의 이야기였다. 그녀가 자신의 어두운 마음을 번개처럼 가르고 들어왔을 때, 데미안은 이 마음을 부정하고 싶었다.

'어떻게 고아나 다름없는 어린 것을 데리고······.'

희망은 잔인한 것. 그렇기에 데미안은 아무 기대도 가지지 않기 위해 애써 왔다. 무엇보다도······ 여러모로 옳지 않다.

'이브가 나 말고 다른 사람을 알 기회를 주어야 해.'

그래서 죄책감을 누름돌 삼아 희망과 마음을 눌러 왔던 것이다.

'그 아이가 옳은 선택을 할 수 있도록.'

이브는 아름다웠고 영민했다. 하지만 사랑에 빠지는 것이 어디 그런 이유이겠는가?

'내가 네 짝은 아니겠지.'

데미안은 억누르고 누르며 이성을 유지하려 노력했다가, 이 한밤중에 끊겨버렸다. 이브가 눈물 바람으로 더듬더듬, 마치 말을 처음 배우는 사람처럼 했던 고백 때문에.

"사랑해 주세요."

풋사과처럼 설익은 첫사랑이란 것을 안다. 타일러야 하는 것을 안다.

"다른 사람은 필요 없어요. 선생님이 제 곁에 영원히 계셔 주시길 바라요."

누군가한테 '영원'을 말할 때는 좀 더 세상을 알고 나서 해야 한다는 것을 안다.

"제 말 그냥 하는 말이 아니에요. 정말로 저는 선생님께 많은 것을 알려 드릴 수 있어요, 예를 들면 지금 선생님이 연구하시는……."

이브가 하는 말의 중요성에 대해선 알고 있었다. 하지만 관심 없는 일이었다.

"네가 그렇게 여겼다면 그게 맞겠지."

데미안, 그가 정말 알고 싶고, 갖고 싶었으며, 이해하고 싶었던 것은 사랑이었다.

"그렇지?"

그간 없어도 괜찮다며 외면하고 부정하고 있었으나…… 너무도 갈망했다.

사랑하는 이의 마음도, 몸도. 그건 다른 그 누구의 마음이나 몸도 아니고, 자신이 마음에 품은 사람의 마음과 몸이어야만 했다.

'너를 원해, 이브.'

이브가 고개를 끄덕거려 데미안은 다시 입을 맞췄다. 맞추고 또 맞췄다. 그녀의 입술은 그를 받아들이기 위해 열렸고, 그녀의 팔은 그를 끌어안기 위해 활짝 벌려졌다.

"너무 좋아요. 전 이제 선생님 거예요, 마음대로 하세요……."

이브가 젖은 목소리로 속삭여 왔다. 데미안은 더 이상 참을 수가 없었다. 그 무엇도.

그다음 일어난 일은 실로 자연스러웠다. 둘은 마치 아주 예전부터 이리 될 줄 알았던 것처럼 행동했다. 어둠 속에서.

누군가 가르쳐 주지 않아도 아는 일 때문에 생명이 태어난다. 본능이 그들을
이끌었다.

이브는 쏟아지는 아침 햇살에 반짝 눈을 떴다.

"……."

눈은 떴으나 사실 정신은 좀 없었다. 허리에 가라앉은 통증이 아니었더라
면, 어제의 일이 꿈인 줄로만 알았을 것이다. 그도 그럴 게…… 정신을 차리고
보니 이상한 점이 너무 많았다.

'뭐야, 나를 사랑한다고 했으면서 소개팅은 왜 시켜 줘? 양딸은 뭐고?'

이브는 천장을 바라보며 이불 속에서 꼼지락거렸다.

'이제 우린 어떻게 되는 거야?'

부끄러워서, 그리고 이 감정이 너무 생소해서 옆을 쳐다보지도 못하고 있는
데, 목소리가 들렸다.

"우리…… 이제 이야기 좀 해 볼까?"

한 순간에 누르고 누른 감정을 터뜨렸다 겨우 풋사랑을 고백한 어린애를 잡
아먹은 데미안은, 이제야 정신을 좀 차려 가는 중이었다.

"좋아요!"

이브가 달려들었다.

"나도 좋은데 일단은 옷을 입고……."

그녀의 몸에서 흘러내린 이불에 그는 급하게 두 눈을 질끈 감았다.

그날 아침, 둘은 고용인을 모두 물려 놓고 단둘이 간소하게 식사를 했다.

"그런데 있잖아요, 선생님. 어제 절 사랑한다고 하셨잖아요."

이브는 토스트에 딸기잼을 겹겹이 바르며 물었다.

"그럼 소개팅 그건 왜 시켜 주신 거예요?"

"……."

"전에 딸은 왜 하자고 하셨고요?"

커피를 마시던 데미안의 얼굴이 새빨개졌다.

"네, 말 좀 해 보세요?"

이브가 물었지만, 그는 할 말이 없었다.

"언제부터였는데요? 절 사랑하신 것이."

달칵, 데미안은 찻잔을 소서에 내려놓았다. 이브가 토스트를 베어 물며 두 눈을 반짝였다.

"네? 알려 주세요."

그게 대체 언제였을까? 번민하고 갈등했던 지난밤들이 주마등처럼 머릿속에 떠올랐지만, 그는 이렇게 말할 수밖에 없었다.

"처음부터……."

그게 바로 정답이었으므로.

"그럼 저한테 왜 그러셨는데요!"

이브가 왕왕 울부짖었다.

"……."

"제가 그동안 얼마나 힘들었는데!"

역시나, 데미안은 할 말이 없었다.

"미안해, 그때는 그 일들이 네게 최선이라고 생각했어. 다시는 그럴 일 없어."

이 말밖에는.

"그럼 이제 우리 사귀는 거죠?"

만족스러운 대답을 들은 이브가 눈을 빛냈다.

"함께하는 것 맞죠?"

그 말에 내포되어 있는 뜻은 명확했다. 그의 삶에 난데없이 나타난 오아시스가 말하고 있었다.

'우리 영원히 함께하자.'

데미안은 이 행운이 얼떨떨했지만, 고개를 끄덕였다. 그러자 이브가 베어 물었던 토스트를 내려놓고 그를 끌어안았다.

"정말 너무 좋아요!"

"……."

그녀의 마음이 그의 마음이었다. 이브가 데미안의 품 안으로 파고들었고, 그 또한 그녀를 꼭 끌어안았다.

<데미안 레오폰 그리고 이브 끝>

Chapter 5.

엠마와 칼리드

늑대지만
해치지 않아요

올해로 열아홉, 엠마는 요즘 고민 중이다.

'나 정말 하이틴 로맨스…… 의 여주인공은 아니겠지?'

무척 고민 중이다. 그건 얼마 전, 약 2년 반 동안 그럭저럭 잘 사귀고 있던 남자친구가 언론 재벌가의 아들이라는 걸 알았기 때문만은 아니었다.

'내 앞에 사랑의 시련, 뭐 고난과 역경이 펼쳐지지만 결국 해피엔딩으로 마무리되는, 그런……. 아니겠지?'

두 가지 일이 겹치면 우연이지만 세 번째부턴 필연이라 하던가?

'지금까지 평범하게 잘 살아왔잖아, 정말 왜 이래?'

게다가 얼마 전, 남자친구뿐만 아니라 가장 친한 친구도 거의 왕족이나 다름없는 유력 정치 가문의 장녀란 사실도 알았다.

'레오…… 뭐시기랑 바스커빌이라고?'

자기만 평범한 이 상황……. 사실 지금 생각해 보면 애초에 루시는 그 바스커빌과 아는 사이였는데, 왜 그 애가 자신과 비슷하다고 생각했던 것일까?

'특성 때문이었나?'

하긴, 걔는 처음부터 은근히 귀티가 흐르긴 했다. 아무튼…… 정말로 무서운 일이었다. 엠마는 생각에 잠겼다. 친구는 그렇다 치더라도…….

'지금이라도 걔랑 연애…… 재고해 봐야 하는 거 아닌가?'

친구야 제 집안 자랑을 하지 않아 몰랐을 수 있다고 치더라도, 남자친구가 지금까지 제 정체를 숨겨 왔다는 사실이 뼈아팠다.

'이상해. 칼리드 그 뱀 새끼가 나한테 꼬였을 때부터 좀 이상하다고 생각은 했어.'

그런 애를 어떻게 믿겠는가. 엠마는 계속해서 징징— 울려오는 휴대전화를 무시하며 생각에 잠겼다.

'나만 진지했던 걸까?'

그러고 보니 그 음습한 놈과는 첫 만남부터 이상한 데가 있었다. 어깨까지 구불거리는 긴 금빛 머리칼. 만약 자신을 포함한 이 무리 넷 중에 사자 하나를 골라 보라면 외양은 그 녀석이었는데 말이다.

"칼리드야. 칼리라고 불러도 돼."

첫 만남부터 되짚어 보자면, 그놈은 당근을 달라 하며 제게, 아니 자신과 루시에게 다가왔었다.

'그랬지…….'

"너 먹으면 탈나잖아. 이거…… 소화 효소가 없어서."

그리고 루시는 어째서인지 칼리드를 한눈에 알아보았다.

"뱀이지?"

'생각해 보니까 그때부터 나만 어리둥절했던 거 같네.'

자신이 루시한테 다가간 건 비슷한 특성이라 친근하기도 했고, 그냥 느낌이 좋았기 때문이었다.

'응, 맞아.'

엠마는 팔짱을 끼고 고개를 끄덕끄덕했다.

'루시한텐 내가 먼저 다가간 거야. 우연이야.'

사실, 교실에 들어와 루시를 처음 봤을 때부터 그 애가 떨고 있다는 걸 알았다. 새 학기라 자신처럼 긴장한 게 분명해 보였다.

'그 애랑 친해지고 싶었어.'

또 반쯤은 자신처럼 설레어하며 친구를 찾고 있었다.

'잘 맞을 것 같았단 말이야.'

간식을 권했을 때 기뻐하던 루시의 얼굴이 떠올라 엠마는 저도 모르게 미소를 지었다. 하지만 이내 길쭉한 귀가 축 처질 정도로 시무룩해졌다. 루시와 친구가 된 것은 소중한 우연이다.

'그리고 우린, 친구잖아. 친구와 사귀는 사이는 다르지. 나는 미주알고주알 다 말했는데ㅡ. 그러고 보니 걔는 늘 듣기만 했어.'

하지만 칼리드가 자신한테 다가온 것은 대체 왜였을까? 또 왜 처음부터 정체를 숨겼을까? 그리고 저를 둘러싼 많은 것들을 숨긴 이유는 무엇일까?

'심지어 먹지도 못하는 걸 먹겠다고 하면서…….'

알 수 없었다.

'혹시 칼리드가 친해지고 알고 싶었던 건, 내가 아니지 않았을까?'

알 수 없으니 추측할 수밖에 없었다.

드륵드륵드륵ㅡ.

테이블 위에 올려놓은 휴대전화의 진동음이 끊길 줄도 모르고 줄기차게 울려 왔다.

'시끄러워.'

누군지는 알았다. 하지만 엠마는 받지 않았다.

'지금은 얘기하고 싶지 않아.'

칼리드한테 물으면 해결될 일이건만, 엠마는 지금 남자친구를 만나고 싶지 않았다.

'난 지금 생각할 시간이 필요하다고.'

아니, 지금은 칼리드가 남자친구인지도…… 모르겠단 생각이 들었다. 걔는 대체 무슨 생각이었을까?

"……."

엠마는 팔짱을 낀 채로 긴 토끼 귀를 축 늘어뜨린 채, 지난 세월을 되짚어 가는 시간을 가졌다.

"엠마— 밥 먹어라—."

아래층에서 엄마가 부르는 소리가 들려왔지만, 불을 끄고 잠든 체하며 말이다.

"네가 이걸 먹겠다고?"

"그거 말고, 나도 너희랑 같이 먹어도 되냐고."

특성 사이엔 차이만 있을 뿐이지 차별은 있어선 안 된다. 하지만, 자연히 비슷한 특성끼리 어울리게 되는 건 넘을 수 없는 벽 때문이었다.

"왜 다른 애들이랑 안 먹고?"

그중 식성이 그랬다.

"너 차별주의자야?"

"너는…… 일단 채식을 안……. 아니, 진짜 나한테 아까부터 왜 그래? 같이 먹자, 먹어. 누가 뭐래?"

그 부분을 그렇게 면박을 주었건만, 칼리드는 제 거대한 몸으로 좁은 틈을 비집고 들어가듯 엠마와 루시와 친해졌다.

뱀과 토끼와 양. 이상한 조합이었는데, 막상 사귀어 보니까 괜찮았다. 칼리드는 재미있었다. 얌전한 루시도 좋지만, 애랑은 티키타가가 된다고 해야 하나?

"그런데 엠마, 그 귀에 난 희고 부드러운 털 말이야. 다른 데도 있어?"

칼리드는 가끔 이상한 걸 물었다.

"네가 그걸 알아서 뭐 하게? 너 정말 성희롱 센터 가고 싶어? 교내 봉사 40시간 해 볼래?"

"하지만 궁금한 걸 어떡해? 왜 내 자연스러운 호기심을 성희롱으로 치부하는 거야?"

보통 칼리드가 미친 소리를 해 둘이서 투덕거리면 루시가 조용히 웃는 식이었다.

'으음…….'

그러다 어느 날은, 얌전하던 루시가 갑자기 뿔에 이상한 크림을 바르는 식의 아주 엉뚱한 행동을 하고…….

'즐거웠지.'

칼리드는 제가 육식 특성이라고 유세부리는 일도 없어, 셋은 열심히 놀았다.

"이 배신자……."

성적이 나오고 나서는 저만 시무룩해졌지만 말이다.

"루시는 공부하는 거 봤으니까 그렇다 치고……. 너는, 너는 이런 성적 나오기엔 나와 너무 놀지 않았니?"

루시는 그냥 보기에도 애가 공부를 잘해 보이고, 쉬는 시간에도 자연스럽게 책을 잡고 있어 예상은 했다. 하지만 칼리드가 웬 말인가?

"넌 어차피 아트 스쿨로 가고 싶다며. 나한테 공부가 네 그림 같은 거지."

편견이지만, 외형으로 보면 놀 만큼 노는 것 같은 애가 말이다.

"위로가 전혀 안 돼, 같이 놀아 놓고……."

칼리드는 위로했지만, 전혀 위로가 되지 않았다.

"진짜 치사하다. 같이 놀아 놓고……."

같이 안 하는 줄 알고 공부를 놓은 엠마 자신의 잘못이긴 하나, 받아 주니 꿍얼거리지 않을 수 없게 된다.

"그럼 내가 너 좀 도와줄까?"

그러자 칼리드가 말했다.

"네가 날 어떻게 도와주는데?"

엠마는 어리둥절했다.

그리고 갑자기 학교에 재벌 2세인가 3세인가가 툭, 하고 등장한다. 루시의 옛 친구라고 했다.

'진짜 친구 맞나?'

엠마는 스스로 눈치가 빠른 편이라고 생각했다. 그래서인지, 로만 바스커빌이 루시를 좋아하는 걸 한눈에 알아봤다.

'눈빛이 보통이 아닌데……. 누가 친구한테 저런 눈을 해?'

일이 진전되지 않는 건 다 루시가 소극적이기 때문이다. 뭐 특성이 좀 다르긴 한데…… 재벌이지 않은가?

'특성이 무슨 상관이야, 우리도 칼리드랑 잘 지내는데 말이지.'

그땐 루시가 겉모습만 양이지, 사자 틈바구니에서 자란 걸 몰라서 했던 생각이었다. 어쨌든 루시는 옛 친구의 등장 때문인지, 꽤 바빠졌다.

……그래서인지 엠마는 아주 자연히, 칼리드와 가까워졌던 것 같다. 그리고 어느 순간부터 칼리드가 잘생겼단 생각을 하게 되었다.

"언제까지 이 포즈 하고 있어야 돼?"

"나 다 그릴 때까지."

"입시 테스트에 시간제한 있지 않아?"

"입 좀 그만 움직일래? 머리 흔들린다."

시험 성적으로 투덜거린 이후, 칼리드가 종종 방과 후에 미술실에 남아 크로키 모델을 해 주던 때였다. 어느 날인지는 잘 기억나지 않는다.

"흠, 나 이거보단 잘생기지 않았나?"

"지금 내 그림 흉보는 거야?"

"너무 잘 그리셨어요, 지금이라도 살아서 튀어나올 것 같아요."

"입에 침이나 발라."

그 말에 칼리드는 웃더니 천천히 입가를 혀로 훑었다. 엠마는 그제야 칼리드의 특성이 그의 몸에도 흔적을 남기고 있다는 걸 알았다.

"어⋯⋯."

"아."

칼리드는 제 입을 가렸다.

"미안, 이상해 보였어?"

엠마는 고개를 저었다. 눈썰미가 있는 편이라고 생각했는데, 이제 안 게 신기할 뿐이었다. 아마 지금까지는 칼리드 본인이 주의했겠지.

"그냥, 신기해서."

그 말에 칼리드는 잠시 생각에 잠긴 표정이 되더니, 제가 앉은 의자를 들고 엠마 옆으로 바싹 붙었다.

"그럼 더 자세히 보여 줄까?"

그리고 엠마가 무어라 대꾸하기도 전에 눈을 감고 입을 벌렸다. 뱀의 혀. 몸이 가까이 붙어서 그런지 칼리드의 향수 냄새가 났다.

얼마 전에 향수 바꿨는데, 너는 마음에 들어?

"내 마음에 드는 게 무슨 상관이야?"

좋은 향기가 났다. 왜 그 순간, 얼마 전에 향수를 바꿨다며 묻던 칼리드의 말이 떠올랐을까?

"……."

엠마는 칼리드의 새빨간, 그리고 끝이 갈라져 있는 혀를 홀린 듯이 바라보았다. 조금 소름이 돋기도 한데, 바라보는 것을 멈출 수가 없었다.

학기 초에 루시는 뿔에 아주 맛있는 냄새가 나는 크림을 바르고 왔었다. 그때 칼리드가 어떤 반응이었나.

"집에 있는 향수 확인해 보고 버려야겠다."

그때 칼리드는 유독 자신을 빤히 바라보았던 것 같기도 하다.

"너희한테는 그게 소스 바르고 다니는 것처럼 느껴진다는 거잖아."

엠마는 그때 아무 생각이 없었다.

"버릴 건 또 뭐야? 너한테만 그 향이 그렇게 안 느껴지면 됐지."
"나만 좋자고 뿌리는 건 아니니까. 너한테 꽃향기는 어떻게 느껴지는데?"

다시 생각해 보니, 그 말은 초식 특성의 여자애한테 잘 보일 생각이 있다는 뜻이었을까? 그때 엠마는 잠깐 생각했다. '얘가 나를 좋아하나?' 하고.

"야, 침 흐른다. 입 닫아라."

엠마는 제 풀에 웃어 버리며 칼리드한테 말했다. 말이 되지 않는 일이었다.

226

'우린 친구잖아.'

하지만, 칼리드가 그림 모델이 되어 주고 있던 것을 굳이 루시한테 말하지 않았던 자신을 생각해 보니, 어쩌면…… 아마 어쩌면…….

엠마는 옛 기억을 떠올리다 얼굴이 붉어졌다.

'에이씨…….'

어쩌면 그때부터 자신도 칼리드를 좋아했을지도 모른다는 생각이 들었다.

'그러니까 받아 줬지.'

그러니까, 크리스마스 때의 그 뜬금없는 고백 말이다. 칼리드의 혀, 입 안의 속살을 구경했던 일은 엠마에게 꽤 커다란 인상을 남겼다.

'어디 몸에 비늘이라도 있는 줄 알았는데…….'

특성은 몸 어딘가에 반드시 제 흔적을 남긴다. 엠마도 사실 그런 것이 궁금했는데, 막상 이상한 데에 이상한 형태로 있으면 어떡하나 싶어 묻지 않았다.

'신기하네…….'

당시엔 단순히 신기해서 생각난다고 생각했다.

그리고 겨울이 되었다.

어차피 뱀이랑 친하게 지내는 거 늑대랑도 뭐 어떠냐 싶었는데, 칼리드는 이 조합을 질색팔색하며 반대했다.

"별로야. 예로부터 늑대는 속 시커멓고 믿을 게 못 되는……."

"칼리드, 차별 발언 하지 마. 루시 앞에선 더더욱 그러지 말고."

"나 느낌이 되게 안 좋아서 그래. 쟤한텐 위험한 냄새가 나."

"누군 너랑 있을 때 느낌 좋니?"

엠마의 말에 칼리드는 말없이 입을 벌리며 경악했다.

"느낌이 안 좋아?"

"말이 그렇단 거지."

엠마는 둘이 안 맞는 이유가 뭐, 육식 동물끼리의 영역 다툼 같은 걸까 생각했다. 그러던 중, 크리스마스가 되었다.

"널 위해 칠면조를 구워 주진 않을 거야."

그렇게 말했는데도 뭐가 그리 좋은지 칼리드는 싱글벙글했다. 루시와 함께 초대했는데, 역시 제 촉이 맞았던 모양이다. 루시는 로만과 선약이 있다며 오지 않았다.

"꽃을 좀 사 왔어. 당근 케이크랑. 채식 디저트 가게에서 산 건데, 이 정도는 먹을 수 있지?"

그래서 초대된 손님은 칼리드밖에 없었다.

"안녕하세요, 어머님. 엠마가 왜 이렇게 예쁜가 했더니 어머님을 닮아서였군요."

'이 새끼, 왜 이래?'

엠마는 칼리드의 주접에 닭살이 돋았다. 칠면조는 그로테스크해서 관뒀지만, 그래도 칼리드가 온다고 하여 달걀 같은 것들을 많이 준비했다. 구운 달걀, 삶은 달걀, 스크램블드에그……

"정말 맛있어요, 어머님."

그리 입맛엔 맞지 않을 텐데, 칼리드는 싹싹하게 잘 먹었다. 엠마는 칼리드의 옆구리를 팔꿈치로 쿡 찔렀다.

"왜?"

"우리 엄마가 왜 네 어머님이야?"

호칭이 마음에 들지 않아 핀잔을 주었는데, 칼리드는 샐쭉 웃었다.

"왜? 그럼 뭐라 불러?"

……글쎄, 거기엔 할 말이 없었다.

식사를 마치고 나니 시간이 많이 남았다. 둘이서 루미 큐브를 지문이 닳도록 하고 나니 할 게 없었다. 칼리드에게 뭐가 하고 싶냐 물으니, 이상한 대답이 돌아왔다.

"네가 그린 그림 보고 싶어."

"많이 봤잖아, 그동안."

"나 그린 거 말고도."

'으음…….'

달리 거절할 말도 없어서 그동안 그린 그림을 보여 주었다. 그랬더니 칼리드는 시간 가는 줄 모르고, '이건 뭘 그린 거야?', '저건 뭘 그린 건데?' 하며 보았다.

'흠, 뭐 아주 재미없진 않네.'

에그노그를 홀짝이며 말이다.

뭐, 그런 크리스마스였다. 아마 칼리드의 고백만 없었더라면, 평범한 크리스마스였다고 생각하며 지나갔을 그런 1년 중 하루였다.

밤이 되어 칼리드가 돌아갔는데, 얼마 지나지 않아 전화가 왔다.

"나 코트 두고 왔어……!"

칼리드의 목소리는 불쌍할 정도로 떨리고 있었다. 엠마는 그렇지 않아도 추위를 타는 뱀이 어떻게 잊어도 그걸 잊었는지 이해할 수 없었다.

'바보 아냐?'

엠마는 제 목도리까지 챙겨 들고 뛰쳐나갔다. 꽤 걸을 거라 생각했는데, 칼리드는 바로 집 앞에 있었다.

"안 들어오고 뭐 했어?"

엠마는 어리둥절하며 코트를 건넸다. 칼리드는 떨면서 고개를 하늘로 들어

올렸다.

"눈 내리잖아."

그러고 보니 눈이 오고 있었다. 엠마는 밤하늘을 바라보았다. 별들이 예뻤고, 달이 반짝였다.

"눈 내리는 게 뭐?"

"밤하늘이 너무 예쁘다. 나 차 있는 데까지 데려다줄래?"

칼리드가 말했다.

"뭐? 그럼 난?"

"내가 다시 너 데려다주면 되지."

"아니, 왜 그렇게 영양가 없는 일을……."

"그래서 넌 친구 바래다주는 것도 싫어? 달이 이렇게 밝은데?"

'지금 달이 대체 무슨 상관이야?' 하고 생각했지만, 여기서 말씨름하다 칼리드가 얼어 죽을 것 같아 그의 말을 따르기로 했다.

'그런데 얜 대체 어디다 차를 대 놓은 거야? 그냥 집 앞에 대지.'

그리고 둘은 산책하게 되었다.

"어?"

설상가상으로 눈까지 내렸다.

"칼리드 괜찮아……?"

"괘, 괜찮아."

너무 떨어서 엠마는 칼리드를 빨리 제 차에 집어넣고 싶었지만, 칼리드가 너무 느리게 걸었다.

'저러다 죽는 거 아냐?'

토끼는 기본적으로 추위에 강하다. 하지만 뱀은…… 냉혈동물이 아닌가. 대체 왜 이러는지 이해가 되지 않았는데.

"엠마."

"어, 왜?"

"나 너 좋아해."

칼리드는 추위에 덜덜 떨며 고백했다.

"그래, 나도 너 좋아해. 우리 좀 틱틱거리긴 해도……."

"아니, 그거 말고."

"그거 말고 뭐?"

"……뭐겠어?"

싸락눈이 마치 비처럼 내리는, 그래도 화이트 크리스마스였다. 엠마는 눈을 동그랗게 떴다.

"……어."

머릿속이 그야말로 새하얘졌다. 깨달아 보니 중간의 기억은 지워지고, 엠마는 제 집에 들어와 현관문에 등을 기대고 헐떡이고 있었다.

"야! 문 열어 봐!"

칼리드가 밖에서 문을 쾅쾅 두드렸다.

"나 못 들은 거로 할게!"

엠마는 소리를 빽 질렀다. 머릿속이 그저 하얘서 정신이 없었다. 그동안 스스로 눈치가 빠르다고 생각했는데…… 전혀 아니었던 모양이다.

'아니, 이게 무슨 일이야?'

혼란스러웠던 엠마는 루시한테 전화를 걸었다.

"나 지금 너희 집 가도 돼?"

[우리 집?]

"어, 초대해 주라. 할 말이 있어."

[왜? 무슨 일이야?]

무슨 일이긴, 하늘에서 날벼락이 떨어진 일이지. 엠마는 떨면서 고백했다.

"야, 나 어떡해. 나 있잖아, 오늘 칼리드한테 고백받았어."

당시 루시의 상황은 모르고 말이다. 엠마는 주소를 받자마자 루시의 집으로 달려갔다.

……상세한 이야기를 다 들으면 같이 놀랄 줄 알았는데, 루시는 침착했다.

"엠마, 정말 네 마음은 어때? 칼리드랑 친구 할 수는 있어도 연애하는 건 싫을 것 같아?"

루시의 말에 엠마는 움찔했다. 생각해 본 적 없었다. 왜냐하면 지금도…… 즐겁지 않은가.

"나 연애가 아직 뭔지 모르겠어. 그게 뭔데? 루시, 넌 알아?"

"……아니."

루시도 그 질문에 움찔했다. 엠마는 그녀도 모른다는 데 안심했다. 하지만 루시한테 제 고민을 털어놓은 건 잘한 일이었다.

"이런 가정, 저런 가정 다 그만두고 생각해 봐. 엠마, 우선 눈을 감고 말이야. 칼리드와 손을 잡는다고 생각해 봐."

루시는 자기도 잘 모른다면서 정말 적합한 조언을 해 주었다.

"……응, 했어."

"어때? 싫어? 기분 나빠? 막 소름이 끼쳐?"

"넌 칼리드한테 무슨 말을 그렇게 해?"

"그럼 이번엔 그것보다 더한 걸 한다고 상상해 봐. 친구 말고 연인끼리 하는…… 예를 들면 키스 같은 거 말이야."

왜 그때 갑자기 칼리드의 허가 떠올랐을까. 엠마는 침묵했다.

"그러면 칼리드가 다른 여자와 키스하는 걸 상상하면? ……예를 들면 벨라나 블레이크."

"……."

"칼리드가 그 애들이랑 좋아해서 사귀고, 손을 잡고 다닌다 상상하면? 솔직해져 봐, 뭐 어때. 여긴 우리 둘뿐인데."

……솔직히 말하자면 몹시도 싫었다. 그 상대가 그 밥맛인 애들 말고, 설령…… 루시라고 해도.

'그래, 밑져야 본전이지.'

집으로 돌아오며 엠마는 생각했다.

"어차피 망가질 관계라면 도전해 봐. 네가 거절했다가 다른 사람과 다니는 걸 보면 슬플지도 몰라."

루시의 말을 따라보기로 했다. 그 말이 맞는 것 같았다.

다음 날, 엠마는 칼리드의 차 안 조수석에 앉아 한참을 팔짱 끼고 있다, 제 결심을 말했다.

"야."

"어."

긴장이 역력한 기색의 칼리드가 엠마의 말에 움찔했다.

"키스하자."

그리고 다음 말을 듣더니 눈이 휘둥그레졌다.

"키스 한 번만 해 보자. 괜찮으면 너랑 사귀어 줄게."

호탕한 말과는 달리 엠마도 달달 떨고 있었다.

"……해 보자, 어때?"

엠마도 처음이었던 것이다. 다시 생각해 보니 정말 미친 소리가 아닐 수 없었다.

"……좋아, 그 말 무르기 없기야."

그리고 그 말에 옳다구나 달려든 칼리드도 제정신이 아닌 놈으로 생각되었다. 하지만 제정신이 아니었던 것 치고, 키스를 너무 잘했다.

'……앗!'

처음이었긴 한데, 처음이라도 이게 이보다 좋기는 어려울 거란 걸 본능적으로 알았다.

'뭐야, 이거?'

엠마는 제 안에서 느껴지는 칼리드의 혀가 너무 능란했던 나머지, 한 개가 아니라 두 개였던 것으로 생각되었다.

"흐, 아, 자, 잠깐……."

그리고 얘가, 한 번 문 기회를 절대로 놓치지 않는다는 것도.

철컥.

칼리드가 조수석의 시트를 뒤로 젖혔고, 엠마는 갑작스레 뒤로 누웠다. 칼리드가 제 몸으로 엠마를 찍어 눌렀다.

'키스만 하겠잖아……!'

어떻게 말려 보려 했는데 칼리드가 제 입을 엠마의 입에 포개었다.

"……으! ……으읍! 으, 웅……."

어깨를 밀어 보려 해도 밀리지 않아, 엠마는 꼼짝없이 칼리드를 받아들일 수밖에 없었다. 엠마는 과거를 회상하며 추억에 잠겼다.

'XX, 그렇게 잘할 때부터 알아봤어야 하는 건데…… 그거 분명 처음 아니었는데…….'

억울한 일이었다. 칼리드는 아마 냉혈일 텐데 그 혀를 왜 그렇게 따뜻하게 느꼈는지 모르겠다.

"아니…… 잠깐…… 아……."

제 혀를 휘어 감는 느낌이 이상해서 처음엔 밀어 내려 했지만, 엠마는 이내 주욱 끌려 들어갔다.

"아……."

칼리드의 입도 입이거니와 끌어안는 힘에 숨이 막혔다. 엠마는 오싹오싹했다. 칼리드가, 남자로 느껴졌다.

'얘 뭐야아…….'

동시에 약간 무섭기도 했다. 그건 어쩔 수 없는 본능 같은 것이었다. 제 혀로 엠마를 완전히 녹인 후에야 칼리드는 제 입을 떼었다.

"……하아."

그리고 하아, 숨을 내쉬며 그녀의 어깨에 얼굴을 묻었다.

칼리드는 한참 뒤에야 고개를 들어 올렸다.

"엠마……."

엠마는 칼리드를 바라보았다. 금발은 어깨 위로 흐트러져 있고, 동공이 세로로 길쭉하게 갈라져 있는 게 눈에 들어왔다.

"싫었어?"

칼리드는 제 변화를 아는지 모르는지, 눈치를 보았다.

"그게……."

그땐 잘 몰랐지만, 엠마도 흐트러질 만큼 흐트러진 상태였다. 열여섯의 마지막 겨울, 첫 키스였다.

"잘 모르겠어."

솔직한 심정이었다. 그런데 그 말에 칼리드는 어딘가 버튼이 찰칵, 눌린 듯했다.

"그럼 알 때까지 해 보자."

"읍……!"

'가슴 왜 만지는데! 키스만! 앗……!'

항의를 해 보려 했으나, 입은 칼리드의 혀에 묶이듯이 막혔고, 곧 온 몸에 찌릿찌릿 전율이 일었다. 엠마는 꼬르륵, 쾌감 속으로 빨려 들어갔다. 그다음 일어난 일은, 제아무리 친구더라도 루시에게 밝히긴 뭐했다.

"그럼 우리 오늘부터 사귀는 거지?"

칼리드가 손등으로 제 입을 훔치며 말했다. 엠마는 대답 대신 두 손으로 양 귀를 붙잡고 주욱 끌어내려 얼굴을 가렸다.

'나는 이제 시집 다 갔다…….'

왜 그런 생각이 들었는지 모르겠다.

그날 점심 즈음, 엠마는 루시한테 제가 칼리드와 사귀게 되었음을 알렸다. 루시가 발을 다친 날이었다. 로만이 달려온 것을 보고, 엠마는 더더욱 확신했다.

'……사귀네.'

칼리드와 자신 사이에 일어나는 화학 반응이 이 둘 사이에도 일어나고 있다는 걸 말이다.

그래서 엠마는 친구로 잘 지내던 칼리드와 어찌어찌 사귀게 되었다. 처음엔 어색해서 죽는 줄 알았다.

"엠마, 나 뽀뽀 한 번만 더 해 주면 안 돼?"

칼리드를 그리던 엠마는, 그가 자리에서 벗어나 제 쪽으로 다가오자 질색했다.

"야, 저기 가서 다시 앉아."

"나 진짜 힘들고 심심해. 뽀뽀 한 번만 해 주면 다시 가만히 있을게, 응?"

칼리드가 엠마의 앞에 무릎을 꿇고 앉더니 그녀의 허리에 제 손을 둘렀다. 루시와 있을 땐 전처럼 굴면서, 둘만 있으면 얘가 아주…….

"여기 우리 둘만 있잖아, 아무도 안 봐, 아무도 없어."

달라붙고 끌어안으려고 난리였다.

'누가 뱀 아니랄까 봐.'

엠마는 질색팔색하면서도 칼리드의 머리칼에 제 손을 넣어 쓰다듬었다.

"둘만 있으면, 너 진짜 딴사람 같아."

"그래서, 싫어?"

싫지 않은 게 어찌 보면 문제다. 루시가 제가 없을 때 이러는 걸 알면 뭐라고 생각할까.

'거기서 어떻게 더 잘할 수가 있어⋯⋯!'

칼리드가 입을 맞춰 왔다. 엠마의 몸이 뒤로 밀리자, 칼리드의 손이 야무지게 등을 받쳐 왔다.

'⋯⋯읍⋯⋯!'

맨 마지막엔 갈비뼈를 으스러뜨릴 듯이, 꽉 끌어안는 게 좀 문제긴 했지만⋯⋯ 좋았다.

엠마는 점점 전이라면 본능적으로 싫어했을 만한 것들이 그리 싫어지지 않게 되었다. 칼리드의 눈동자며, 저보다 조금 낮은 체온 그리고 갈라진 혓바닥 같은 것 말이다.

그는 곧 가장 친한 친구이자, 하루 동안 있었던 일을 미주알고주알 털어놓는 상대가 되었다.

"나 너랑 결혼하고 싶어."

칼리드는 자주 그런 말을 했다.

"너 같은 애들이 또 있으면 되게 귀여울 거 같아."

"생물 시간 때 졸았니? 나보다 네가 우성이야, 태어나면 뱀일걸."

"많이 낳으면 한 명쯤은 토끼겠지."

칼리드가 엠마의 허리를 끌어안았다.

"우리 나중에 축구단⋯⋯."

"네가 낳을 거 아니면 입 닫으렴."

"악!"

엠마는 읽던 책 모서리로 칼리드의 이마를 찍었다. 이런 식이었지만, 지금 생각해 보면 더 좋아했던 건 자신이었던 거 같다고 엠마는 생각했다.

'어쩌면…… 말뿐인지도 모르지.'

엠마는 제 배를 까뒤집어 간을 보여 주듯 칼리드를 향한 감정이 투명했다. 이보다 더 솔직할 수는 없다고 생각했다. 그런데 칼리드는?

엠마의 귀가 축 처졌다.

'……아, 우울해진다.'

칼리드가 자신을 좋아한다는 데는 의심의 여지가 없다. 하지만, 감정에 솔직했던 것도 상대를 집에 초대한 것도 엠마 자신뿐이었다.

어쩌면 좋아함의 크기가 다를지도 몰랐다. 숨 쉬듯이 그렇게 결혼하고 싶다, 우리 둘의 아이를 보고 싶다 말했으나, 진심이 아닌지도 몰랐다.

'그래, 나 혼자만 막 진심이었는지도…….'

칼리드의 옛 친구를 만난 건, 그리고 그 사람이 토끼 귀를 한 저를 아래위로 훑어보며 '아는 사람?'이라고 한 것은 지금 생각해도 충격이었다.

"우리 모두 널 기다리고 있어. 고등학교에 들어가더니 왜 이렇게 연락이 안 되는 거야?"

쉴 새 없이 이야기가 쏟아졌다.

"이제 와서 뭘 바꾸려는 건데?"

엠마는 그 이야기를 어리둥절해하며 들었다.

"좋은 대학은 예전처럼 놀면서도 얼마든지 갈 수 있잖아. 아버지 추천장이 있으니까. 정말 부잣집 도련님은 좋겠구나."

칼리드는 친구인 게 분명한 사람을 소개해 주는 대신, 엠마의 손을 잡아끌어 그 자리에서 도망쳤다. 뒤에서 칼리드를 부르는 소리가 들렸다.

"야, 사람이 부르는데. 무례하잖아."

엠마가 말해 봤지만 소용이 없었다.

"대체 누군데?"

소개해 주지도 않고, 무어라 해명도 하지 않았다. 그날 무섭게 싸우다가 엠마는 제가 실은 칼리드에 대해 아무것도 모른다는 사실을 알았다.

'나는 대체 누구랑 사귄 거냐?'

싸우다 보니 안 사실이 2년 넘게 사귀며 알게 된 것보다 더 많다. 엠마는 속된 말로 현타가 왔다.

'뭐 자기가 부자면…… 아니, 자기도 아니고 아버지가 부자인 건데. 내가 자기 돈 많은 거 알면 뭐라도 해 달랄 줄 알았나?'

엠마는 거기까지 생각하다 끄응 앓았다.

'이씨, 내가 돈이 없어? 자기가 낸다고 그렇게 바득바득 이를 갈았잖아.'

그러고 보니 데이트 비용은 당연하다는 듯이 칼리드가 냈다. 그래서 선물에 힘을 주긴 했지만, 어쨌든 돈을 더 쓴 건 사실이었다.

'좋아하긴 하는데 그 정도로는 격이 안 맞다 이건가? 아님 역시 특성 때문에? 연애까지는 되는데…….'

아, 몰라. 다 모르겠다.

'이씨, 나만 진심이었지.'

이제 칼리드가 누구인지도 모르겠단 생각이 들었다. 휴대전화의 진동음은 어느새 멈춰 있었다.

동이 트기 시작한 새벽, 엠마는 운동복을 입고 가족들 중 그 누구보다 먼저 일어나 현관에 앉았다.

'좀 달리자.'

운동화 끈을 차례차례 동여매는데, 어제 잠을 설치게 만들었던 생각들 때문에 더 울컥했다. 전화는 그 이후 걸려오지 않았다.

'몰라, 헤어지지 뭐. 내가 뭐 자기한테 매달릴 줄 아나?'

좀 달리며 이 기분 나쁨을 날려 버리고 싶었다. 신발을 다 신은 엠마는 문을 열었다.

"으악……!"

그리고 한여름 밤 모기에 다 뜯겨 죽어 가던 칼리드를 발견했다.

"뭐야?"

엠마를 발견한 칼리드가 쭈그려 앉아 있던 몸을 비실비실 일으켰다.

"뭐냐니……."

제아무리 여름이라도 밤은 밤이다. 칼리드는 창백해져 죽어 가는 사람처럼 떨고 있었다.

"왜 전화 안 받는 건데?"

"너랑 할 말 없어."

칼리드의 얼굴을 보니 어젯밤 느꼈던 미움이 순식간에 녹아내리는 것 같아, 엠마는 더 날을 세웠다. 이렇게 넘어갈 일이 아니다. 이렇게 넘어갈 순 없다.

"난 할 말 있어. 들어 줄 수라도 있잖아. 뭘 결정할 땐 들어 보고 해야 하는 거잖아."

칼리드가 말했다. 하는 말에 분노가 섞여 있어, 엠마는 발끈했다. 지금 누가 화를 내야 할 상황인데?

"그렇게 할 말이 있으면 2년 전에 하지 그랬니? 왜? 뭐가 무서워서 못 했는데? 그때 못 한 말을 지금이라고 할 수 있겠니?"

엠마가 쏘아붙였다.

"하고 싶긴 해? 솔직히 네가 무슨 말을 해도, 난 이제 네가 누군지도 모르겠는데?"

사실 그 정도는 아니었다. 진심이 아니었는데, 칼리드한테는 그만큼의 무게로 다가간 듯했다.

"야······."

칼리드가 바들바들 떨며 말했다.

"미안해. 그런데 난 나야."

눈물을 참으려는지 이는 꾹 악물렸는데, 벌써 눈물이 글썽글썽했다.

"너의 칼리드야."

한 번도 본 적 없는 얼굴에, 엠마는 움찔했다.

"알잖아. 나는 네가 아는 칼리드야."

"······."

"우리 이렇게 헤어질 수는 없는 거잖아. 내가 미안해. 나도 놀라서 그랬어. 내 얘기 좀 들어 줘."

2년을 사귀었건만, 엠마는 칼리드가 이렇게 겁을 내는 모습을 본 적이 없었다.

"내가 잘못하긴 했어. 그런데 네가 나랑 말도 섞기 싫을 만큼 잘못한 거야? 우리 진짜 이렇게 끝나는 거야?"

"······."

"난······ 절대로 너와 헤어질 수 없어. 너랑 못 헤어져."

칼리드가 말했다.

"······그래, 뭐."

그래서 이야기를 들어 보기로 했다.

"너 잠깐 들어올래?"

일단 애 정신 좀 차리게 따뜻한 거 먹인 후에.

"어?"

엠마가 고개를 까닥이며 문을 가리켰다.

"얘기 그거, 뭐 좀 마시면서 듣자. 지금 들어오면 아무도 몰라."

그리하여 칼리드는 아주 얌전히 토끼 소굴로 구렁이 담 넘어가듯 기어 들어가게 되었다.

2층까지 살금살금 걷는데, 그렇지 않아도 잠귀 밝은 식구들이 깰까 봐 얼마나 걱정이 되었는지 엠마는 간이 콩알만 해졌다.

"잠깐 여기 있어 봐."

칼리드를 제 방 안으로 들여보내고 다시 부엌으로 내려가 핫초코를 타는데, 기분이 이상했다.

'나 애 진짜 좋아하는구나.'

정말 어지간히 좋아해서는 배신감에 치를 떨며 가라고 했을 것이다. 그런데 추위에 몸을 떠는 게 먼저 눈에 들어오다니.

'무지막지하게 좋아하는구나.'

생각은 그보다 좀 더 나아갔다.

'나 애랑 결혼하는 거 아니야……?'

엠마는 거기까지 생각하다 너무 나갔다는 걸 깨닫고 고개를 절레절레 저었다. 이제 곧 대학도 가게 될 거고 그러자면…… 롱디 커플이 될 텐데.

'그전에 헤어질지도 모르고.'

엠마는 스푼으로 핫초코를 젓다 멈추었다를 반복했다. 여러모로 아슬아슬한 시기였다.

"엠마!"

"쉿."

엠마가 핫초코를 들고 방으로 돌아오자, 바닥에 무릎을 꿇고 얌전히 기다리던 칼리드가 반가운 얼굴로 그녀의 이름을 불렀다.

'미쳤나, 들키면 어쩌려고 그래?'

엠마는 입에 검지부터 가져다 대었다.

"우선 이거 마셔. 얘기는 그다음에 듣자."

칼리드는 핫초코를 받아들었고, 엠마는 팔짱을 꼈다.

"그래, 그 친구는 누구인데?"

"친구 아냐."

"그럼 네가 부잣집 도련님이란 건 사실이야?"

"……."

칼리드는 그 말엔 아무 부정도 하지 못하고 눈치만 보았다.

"난 나야……."

"그래. 넌 넌데, 뭐가 떳떳하지 못해서, 어?"

엠마는 제가 해 놓고 그 말에 울컥했다.

"네가 엄청 대단한 사람이라고 한들, 내가 뭐 그걸 이용이라도 할 것 같았어?"

말로 뱉자니, 너무 자존심 상하고 화가 났다.

"내가 막 못 미덥고 그러니?"

그러자 칼리드가 무릎걸음으로, 그야말로 뱀처럼 기어 엠마 곁으로 다가왔다.

"오히려 그 반대야."

"……."

"반대라서 그랬어, 미안해, 엠마. 내 말 좀 들어 줘."

칼리드의 변명은 이러했다.

"내가 중학교 땐, 정말로 별건 아니었지만 막살았어. 지금의 네가 상상도 하지 못할 만큼."

중학교 때의 자기는 자기가 생각해도 재수 없고 싫었단 것이다.

"내가 굳이 말하지 않아도 되는 것까지 다 밝혀야 해? 이렇게 경멸받을 게 뻔한데?"

"⋯⋯."

좀 놀았단다.

"너도 나한텐 부끄러운 과거, 숨긴다는 자각도 없이 숨겼을 거 아냐."

"난 그런 거 없어."

"이씨⋯⋯."

뭐 어떻게 놀았는지 모르겠지만.

"그때 나한텐 하고 싶은 것도 없었고 해야 할 것도 없었어. 내 주변엔 너처럼 쓴소리를 하는 사람도, 친구랄 만한 인간들도 없었어."

"⋯⋯."

"네가 만난 놈은 정말 친구 아냐. 나도 잘못했으니까 공생관계긴 했지만, 서로 피를 빨아먹는 관계였다고."

칼리드가 엠마를 올려다보며 속사포처럼 말했다.

"겁이 났어."

"⋯⋯."

"이런 사실을 알면 네가 날 미워할까 봐. 넌 겉멋 든 놈들을 가장 싫어하잖아."

그건⋯⋯ 사실이다. 그래서 사실, 처음에 칼리드가 별로였다.

"그리고 부잣집 뭐, 나 진짜 별거 아니야. 이왕 다 밝혀진 마당에 말해 보자. 루시는?"

"루시가 여기서 왜 나와?"

칼리드가 이번엔 루시를 잡고 늘어졌다.

"루시도 자기 집안 안 밝혔잖아! 왜겠어? 네가 이렇게 위화감 느낄 거 알았으니까지!"

엠마는 흠칫했다.

"걔랑 날 비교해 봐, 난 아무것도 아니라고. 우리 집은 소시민이야! 우리 아빠 진짜 직장인이라고."

나중에 알고 보니 아니었다. 하지만 그 말에 엠마는 흔들렸다.

"반대로 생각해 봐, 우리 집이 정말 찢어지게 가난한 집안이면? 넌 오히려 내가 이 일을 숨긴 걸 이해해 줬을걸?"

그건 그랬을 것이다. 엠마는 어느새 칼리드의 말에 반쯤 넘어가 있었다.

"나 너 정말 좋아해."

그렇게 조용히 하라고 당부했건만, 칼리드는 이제 거의 울부짖었다.

"이렇게 헤어지긴 싫어. 나 진짜 네가 헤어지자 그러면 가슴이 너무 아픈 나머지 죽게 될 거야."

죽을 만큼 좋아한단다. 거기에 대고 화낼 재간이 없다. 엠마는 잘못 걸렸단 생각이, 정말로 단단히 들었다.

"널 정말 좋아해. 너랑 결혼하고 싶어. 처음부터 그랬어. 네가 너무 귀여웠어."

'이러다 구렁이 담 넘어가듯 얘랑 결혼하게 되나?'

왜 그런 생각이 또 불쑥 떠올랐는지 모르겠다.

"넌 아니야? 내가 아니라, 내가 가진 것들, 또 내가 바꿀 수 없는 것들 때문에 나에 대한 사랑이 변할 거야?"

"……."

엠마는 입술을 씹었다. 칼리드와 말싸움을 하면 늘 이런 식이다. 화가 아주 가시는 건 아닌데, 좋아는 하고…….

"너 옛날에 사람 패고 왕따시키고 괴롭힌 적 있어?"

"아니."

엠마의 말에 칼리드가 붕붕 고개를 저었다.

"다른 사람 상처 준 일은? 그러지 않아도 됐는데 말이야."

그 말에도 고개를 저었다.

"확실해?"

"나 진짜 돈 쓴 거밖에 없어!"

"내가 조용히 하랬지!"

엠마도 함께 언성이 높아져, 헙 하고 입을 가렸다. 칼리드도 숨을 죽였다.

"……."

"……."

칼리드의 뺨 반절이 밝아졌다. 창문 밖으로 해가 떠올라 햇살이 비쳤기 때문이었다.

"이번만 봐주는 거야."

"사랑해."

"얼어 죽을……."

엠마는 투덜거렸지만, 별 도리가 없었다.

달그락…….

귀를 기울이니 아침 준비를 하는지 부엌에서 달그락대는 소리가 났다. 그리고 곧 이층까지 스프의 냄새가 타고 올라왔다.

"엠마야, 밥 먹어라!"

엄마의 목소리가 들렸다.

"생각 없어요!"

엠마는 문을 열고 아래층에 외쳤다.

"너 다이어트하니?"

칼리드를 들여보내는 일은 쉬웠는데, 내보내는 일은 정부 요원이 불가능한 미션을 수행하는 것처럼 쉽지가 않았다.

그날 엠마는 방문을 닫고 내내 아픈 척을 했다.

"열은 없는데 얼굴이 붉네."

"……으응."

엄마는 출근하기 전까지 내내 이불을 푹 뒤집어쓴 엠마의 이마를 짚어 보며 걱정했다.

"오늘은 어디 나갈 생각 말고 집에 꼭 붙어 있어라."

엠마는 엄마가 나가기까지 눈을 꾹 감고 있었다. 심장이 다 떨려서 죽을 것 같았다.

"……가셨어?"

문이 닫히고, 침대 다리 아래에서 칼리드가 머리를 내밀었다.

"그래. 그래도 좀 있다 나가. 동생들 아직 집에 있단 말이야."

칼리드가 고개를 끄덕하곤 제 몸을 뒤집어 등을 바닥에 댄 채, 엠마를 바라보았다.

"나 너 진짜 좋아해."

"입 다물어라."

엠마는 못 말린다는 듯 고개를 저었지만, 속으로는 자신이 더 칼리드를 좋아할 것이라고 생각했다.

'이렇게까지 좋아할 생각은 아니었는데.'

진짜, 이젠 빼도 박도 못한다고.

"엠마, 나 올라가도 돼?"

"싫어."

"그러지 말고……."

허락하지 않았건만 칼리드가 침대 위로 냉큼 기어 올라왔다. 한 방에, 남녀

둘이 갇혀 있는데 무슨 일이 일어나겠는가?

"읍……."

어쩌다 보니 키스도 하게 되고, 둘이 끌어안고 침대에서 뒹굴뒹굴도 하게 되고……. 엠마는 뱀의 특성이 가진 특별한 지식도 알게 되었다.

"헉, 야…… 이게 뭐야?"

엠마는 눈이 휘둥그레져 숨을 토해 냈다. 하마터면 비명을 지를 뻔했다.

"뭐가?"

칼리드는 흥분해서 세로 홍채를 그대로 드러내다 엠마의 시선을 따라 제 고개를 내렸다.

"아……."

칼리드는 사실 제 과거나 집안 환경보다 먼저 설명해야 할 것이 있었다.

"이게 그러니까……."

같은 특성이라고 모두에게 같은 흔적 기관이 발현되는 것은 아니긴 했으나……. 참고로 말하자면 뱀의 그것은, 혀처럼 양쪽으로 갈라져 있다.

"아니, 말도 안 돼……."

즉, 두 개였다.

"이런 게 있으면 말을 해야 할 거 아냐……."

엠마는 실로 경악했다.

"이걸 대체 어디에…… 어떻게…… 어?"

"하다 보면 돼."

"뭐가?"

엠마는 고개를 절레절레 저었다.

이 일은 어찌어찌 사랑으로 극복되었다.

'미친…… 진짜야? 몰래카메라 아니고 진짜 이러기야?'

엠마가 생각하기에 정말 사랑이 아니었더라면 극복하기 어려운 일이었다.

그리고 엠마와 칼리드가 특성으로 인한 시련을 조용조용히 극복하는 동안, 루시와 로만은 정말 요란하게 연애했다.

"루시가 납치됐다고?"

그리고 칼리드와 엠마는 산증인이 되었다. 뭐 루시와 로만만큼은 아니었어도, 이런저런 고난과 시련이나 갈등 같은 것은 칼리드와 엠마에게도 있었다.

'자기 아빠 직장인이라더니…….'

특성뿐만 아니라, 집안 차이, 장거리 커플 문제……. 뭐 이런 문제들 말이다. 그때마다 칼리드는 몇 번이고 엠마의 다리를 붙잡았다.

"나 너 사랑해! 너 말고는 안 돼, 나 너랑 결혼하고 싶어."

'그러고 싶으면 잘해라, 인마.'

그리고 엠마는 '어휴, 이러면 안 되는데, 안 되는데…….' 하면서도 홀딱, 칼리드에게 넘어갔다. 그러다 보니…….

"정말 예쁘다, 엠마 너랑 쏙 닮았어."

"뱀인데……?"

아트 스쿨 졸업 후 화가로 일하다 아이도 낳았고. 루시가 축하하러 한걸음에 제 곁으로 달려온 것이 그녀와 로만의 딸 소피가 두 살이 되던 해였다.

"이 아이 이름이 뭐니?"

"카이만이야."

엠마는 웃으며 루시에게 아이를 보여 주었다.

"우리 애가 딸이었으면 소피와 친구처럼 지낼 수 있는 건데."

"왜, 남자아이여도 얼마든지 친하게 지낼 수 있지."

"나도 칼리드와 그럴 줄 알았거든?"

엠마의 말에 둘은 웃었다. 물론 엠마는 그때까지 전혀 몰랐다. 바로 그 '소피'와 아주아주 진한 인연으로 얽히게 될 거라곤 말이다.

〈 엠마와 칼리드 끝 〉

Chapter **6.**

소피와 카이만

늑대지만
해치지 않아요

루시의 8대조 할머니의 이름을 이어받은 '소피 B(바스커빌). 레오파르디'는 레오파르디와 바스커빌, 양가의 어여쁨을 받으며 자라났다.

특히 바스커빌 쪽이 심했다. 이 집안에 처음으로 태어난 어여쁜 소녀다. 머리에 은색 사자 귀를 달고 있다는 건 아무 문제도 되지 않았다.

"정말 어쩌면 이렇게 너랑 다르냐."

해롤드가 이제 막 네발걸음을 시작하는 소피에게 캠코더를 들이대며 말했다.

"정말 루시 닮아서 다행이다."

단 1초라도 놓치지 않을 기세였다.

"집에 가."

로만이 말했다.

"가라, 어? 애 있는 집에 왜 문턱이 닳도록 드나들어?"

"내가 인마, 너 보러 와?"

그런가 하면, 매일같이 알렉산더가 보낸 아기 장난감이 담긴 트럭이 집 앞으로 도착하는 식이었다.

"우리 소피 세 살 선물로 뭘 하지?"

"역시 건물이겠지……."

"그래, 부동산은 배신하지 않으니까."

이 나이가 찰 대로 찬, 그러나 아들딸 없는 남정네들은 완전히 흐물흐물 녹아내렸다.

물론, 은사자의 탄생은 레오파르디가에서도 분명 큰일이었다. 순은처럼 흰 특성의 발현은 어느 가문에서나 상서로운 일로 여겨졌기 때문이었다. 꼭 그 때문만은 아니었지만, 루이는 가끔 소피를 안아 보려 찾아왔다.

"누나, 얘는 왜 이렇게 빨리 커?"

그리고 눈을 반짝이며 물었다. 정말 고마운 일이긴 하다.

'우리 딸 어떡하니.'

하지만 루시는 걱정이 태산이었다. 자신과 다른 의미로 특별 취급당하는 이 딸이 나중에 연애할 나이가 되면 장애물이 너무 많을 것 같았다.

'라푼젤…… 뭐 그런 느낌이 아닐까?'

큰 아주버님, 작은 아주버님만 해도 큰 산 같은데 제 동생인 루이도 만만치가 않다. 삼촌들이 아주 철옹성이었다.

아무튼 소피는 루시와 로만의 사랑 아래, 어화둥둥 양 가문의 비호를 받으며 자라났다. 그러는 동안 삼촌들의 사랑도 점점 더 부풀어 올랐다. 소피가 일곱 살 되던 해, 알렉산더가 웃는 낯으로 말했다.

"소피는 혹시 유치원에 좋아하는 애가 있니?"

"아니요, 삼촌?"

"있으면 삼촌한테 꼭 말해야 한다."

"왜요?"

"응, 삼촌이 소피가 누굴 좋아하는지 너무너무 궁금하거든."

그래, 이런 식이었다.

어릴 때야 괜찮다. 하지만 자신이 로만을 만났을 나이 즈음이 되어 사랑을 시작한다면, 그땐 어떨까?

"로만, 자?"

어느 날 밤, 루시는 침대에 누워 로만에게 가만가만 제 속마음을 털어놓으려 했다.

"응? 왜?"

로만이 아주 자연스럽게 루시를 끌어당겼다.

"나 여기 있어."

"숨 막혀……."

뭐라고 말하기도 전에 입술에 제 입술부터 들이댄다.

"아, 잠깐…… 이게 아니라……."

그렇게 한참을 엎치락뒤치락하고 나서야 루시는 하고 싶은 말을 할 수 있었다.

"우리 소피, 나중엔 괜찮을까?"

"뭐가?"

로만이 루시의 머리칼을 쓰다듬어 주며 물었다.

"우리 소피 연애할 때가 되면, 참 뭐라고 해야 할까. 우리 집안이나 너희 집안, 그리고 우리가 걸림돌이 될까 걱정이 돼."

"……."

"마치 우리 때처럼 말이야."

말을 하는데, 자연스럽게 자신의 지난 연애사가 스쳐 지나갈 수밖에 없었다.

'참 좋았지.'

얼마나 요란하게 연애했던지. 그때야 울고불고 난리도 아니었지만, 지금은 모든 게 다 그리운 추억이었다.

"소피가 누굴 좋아하든지 그때가 되면 우리가 버팀목이 되어 주자……."

감상에 젖어 루시가 그리 말했을 때였다. 어디선가 훌쩍거리는 소리가 들렸다. 루시는 고개를 돌렸다.

"우니?"

로만이 이불에 얼굴을 파묻고 있었다.

"로만, 왜 그래?"

루시가 팔을 벌리자 로만이 그 안으로 파고들었다.

"우리 소피가 연애를 한다고 하니까……."

목소리에 울먹임이 섞여 있다. 그 순간 루시는 깨달았다.

'아. 얘가 가장 큰 장애물이구나.'

이런 엄마의 걱정을 아는지 모르는지, 소피는 쑥쑥 자라났다.

로만의 머리칼을 빼닮은 은발에 루시에게 물려받은 신비로운 푸른 눈, 첫눈처럼 하얀 반달 귀와 사자의 꼬리. 소피는 어릴 때도 인형 같더니 커 가면서 정말 장인이 빚어 만든 것처럼 아름다워졌다.

그뿐일까, 소피와 연을 맺기만 하면 두 분야에서 강력한 힘을 발휘하는 두 가문과 혼맥으로 이어질 수 있게 된다. 돌연변이의 가능성이야 미약하게 존재했지만, 해 볼 만한 도박이 아닌가?

소피가 커 가면 커 갈수록 어떻게든 연줄을 대기 위한 초대장이 쏟아졌다.

"난 안 갈래요, 그런 모임들 관심 없어요."

하지만 이 도도한 소녀는 아름다운 옷에도, 화려한 파티에도 별 관심이 없었다. 소피는 저를 향해 날아오는 구애를 모두 거절했다.

"거기 가면 사람들은 늘 너무 나한테 친절해요, 난 그게 귀찮아요."

물론, 임자를 만나기 전까지의 이야기였다.

열다섯 살 생일에 소피는 바스커빌가 소유의 저택에서 아주 화려한 파티를 열었다. 소피의 학급 친구들을 모두 집으로 불렀다.

맨 꼭대기에 보석 수십 개가 박힌 무척 아름다운 12단 대형 케이크가 사람들의 이목을 끌었다. 하지만 소피는 아니었다.

늘 화려한 것, 아름다운 것, 사람들의 관심 사이에 둘러싸여 살다 보니 소피는 이런 것에 무감한 데가 있었다.

'다 귀찮고 재미없어.'

아무도 공기나 물에 관심을 두지 않는다. 그것이 더럽혀져 절실해지기 전까진.

'아, 시끄러워.'

소피는 한적한 곳에서 혼자 시간을 보내기로 했다. 자신이 가장 아끼는 물건과 함께. 작년 생일 때 큰 삼촌에게 받은, 보석으로 세공된 황금 공이었다. 천문학적인 가치로 화제가 된 물건이었다.

각도에 따라 엄청나게 빛나는, 손안에 넣고 굴리면 태양을 움켜쥔 기분이 들었다. 아름다웠다.

소피가 아무한테도 들키지 않게 나무 위에 올라가, 공을 하늘 위로 띄웠다 받기를 반복하고 있을 때였다.

"어?"

순간 손이 미끄러진 틈에 공이 호수로 떨어졌다. 무거운 공은 금세 가라앉았다.

어?

소피는 놀라서 땅으로 뛰어내렸다. 그러나 이미 공은 온데간데없고 호수의 물결은 잔잔하기만 했다.

'어떡하지?'

호수가 생각보다 깊다고 큰 삼촌이 주의를 주었던 기억이 난다.

"맑으니까 얕아 보이는 거란다. 함부로 들어갔다가는 그 깊이에 당황해서

위험해질 수 있어."

혹시라도 휘저으면 뭔가 나오지 않을까 싶어 막대기 같은 걸 찾으려 주변을
두리번거릴 때였다. 뒤에서 갑자기 목소리가 들렸다.

"도와줄까?"

뙤약볕을 식히는 여름바람처럼 시원시원한 목소리였다.

'……누구?'

그제야 소피는 제가 올라가 있던 나무의 그늘을 빌려 책을 읽는 이가 있었다
는 걸 알았다.

"넌 누구야?"

자신의 생일 파티인데 모르는 얼굴이었다. 한 번 보면 잊을 수 없을 것 같은
얼굴인데, 기억에 없다. 학교 친구는 아닌 것 같다.

"카이만."

황금빛 머리칼을 느슨하게 묶은 소년이 제 이름을 말하며 어깨를 으쓱했다. 모
르는 이름이었다.

'카이만?'

소피는 그가 제 친척이나 부모 이름을 들어 저를 소개해 주길 기다렸는데, 소
년은 별 설명 없이 운동화를 한 짝씩 벗었다.

"어디 가는데?"

"꺼내러. 빠뜨렸잖아."

검은 셔츠까지 벗어 풀밭에 던지기에 소피는 깜짝 놀랐다. 들어가지 말라는
말이 목구멍까진 올라왔지만 놀라서 입 밖으론 나오지 못했다.

"잠— 깐!"

풍덩!

신발과 옷가지만 남겨 놓고 소년은 아주 가볍게 물속으로 들어갔다.

"……."

비싼 물건이다. 선물로 받았고 소중하게 생각한 것도 맞는데, 그래 봤자 장난감 아닌가.

"나 그거 필요 없어!"

소피는 소리를 지르며 호숫가에 엎드렸다. 투명한 물결 아래 그림자가 잠시 어른거리더니 사라졌다. 정말 깊은 호수였다.

"야―!"

당연히 답은 없다. 잠깐 방울방울 올라오던 기포도 금세 사라지더니 호수는 다시 잠잠해졌다. 사람을 불러야겠다는 생각이 든 건 1분쯤 후였다.

'죽었나 보다.'

소피는 창백해져 소리를 질렀다.

"저기요―!"

"왜?"

다급하게 소리친 장소와 다른 곳에서 대답이 들렸다. 고개를 돌려 보니 소년이 물 위로 얼굴을 내밀고 있었다.

소피는 귀신이라도 본 듯이 물에 젖은 소년의 머리를 바라보았다. 무슨 생각을 했는지 알겠다는 듯 소년이 웃었다.

"나 수영 잘해."

그리고 한 손에 든 공을 먼저 호숫가로 던졌다. 공은 데구루루 소피의 발치로 굴러왔다.

"그러니까 주워 주겠다고 한 거지."

"……."

"그런데 무슨 공이 그렇게 무거워? 진짜 금덩이 같네."

물으로 올라온 소년이 물을 잔뜩 머금은 황금빛 머리칼을 두 손으로 짜 땅위에 흩뿌리며 물었다.

"……고마워."

소피는 어쩐지 얼굴이 화끈거렸다.

"별 말씀을."

소년은 그 말에 고개를 까닥인 뒤, 풀밭에 벗어 둔 셔츠를 집어 들었다.

반짝.

머리 위에서부터 티셔츠를 뒤집어쓰듯 입는데, 옆구리 근처가 햇살에 부딪쳐 무지갯빛으로 반짝거렸다. 비늘이었다.

"아무튼 혼자 여기 있지 말고, 들어가서 놀아. 생일인데 왜 처량하게 혼자 놀고 있어?"

여전히 젖어 있는 머리를 대충 묶으면서 소년이 말했다. 소피는 깜짝 놀랐다.

"날 알아?"

물론 그녀는 무척 유명했다. 태어날 때부터다.

그런데도 소피는 무척 놀랐다. 왜인지 모르게.

"내가 널 왜 몰라? 너 소피잖아."

소년이 웃었다.

"우리 엄마 친구 딸."

"……."

"오늘 하루 재미있게 보내."

그리고 소년은 한 손으로 운동화를 든 채 젖은 발자국을 남기며 사라졌다. 등과 허리, 다리로 이어지는 라인이 무척 호리호리했다.

"……."

소피는 젖은 공을 든 채 그 자리에 멍하니 서 있었다.

'책.'

자신을 '카이만'이라고 소개한 소년이 책을 두고 갔다는 걸 깨달은 건 얼마 지나지 않아서였다. 그걸 펼쳐 보았다.

'이게 무슨 소리야?'

읽을 수는 있는데 무슨 말인지 알 수 없는 글이 잔뜩 있었다. 소피는 파티가 벌어지는 곳으로 다시 돌아갔다.

그 애에게 책을 돌려주고 싶어서.

✦━━◆◆◆━━✦

파티 음악이 너무 컸다. 다들 생일 케이크를 담은 접시를 들고 웃고 있다가, 소피를 발견하고 반가워하며 다가왔다.

"소피! 생일 축하해!"

"그래 고마워."

말하면서도 소피는 눈살을 찌푸렸다.

'아니, 너희가 아니야.'

하지만 소피가 찾는 건 그들이 아니었다. 산더미처럼 쌓인 생일 선물도 아니었다.

그였다. 이름은 카이만, 그것밖에 모른다. 장내를 두어 바퀴 빙 둘러 돌았을 때야 그가 한 말이 하나 더 떠올랐다.

"우리 엄마 친구 딸."

그 말을 떠올리고 황급히 엄마한테 가려던 순간이었다.

'아!'

반짝이는 금발이 보였다. 황금공 같은 머리는 사람의 물결 속에서 사라졌다가 또다시 떠올랐다. 소피는 그곳을 향해 헤엄치듯 사람들과 어깨를 부딪쳐 가며 움직였다.

"안녕!"

카이만은 어디서 얻었는지 흰 타월을 어깨에 두른 채 케이크를 퍼먹고 있었다. 소피를 보자 '왔네?' 하는 얼굴로 인사했다.

"너 엠마 이모 아들이지?"

이제 생각났다.

"응."

카이만이 어깨를 으쓱했다.

"……."

"……."

그리고 침묵이 흘렀다. 카이만은 다른 사람들과 달랐다. 어떻게든 저와 말을 이어 가려는 의지 없이, 빤히 바라만 보았다.

'내가 왜 이러지?'

무슨 일이냐는 듯이. 소피는 그 반응에 얼굴이 빨개졌다.

"이거, 놔두고 갔더라."

"아아."

카이만은 고개를 끄덕이곤 손을 내밀었다.

"무슨 책이야?"

"그냥 요즘 관심 가는 거."

화제는 또 뚝 끊겼다.

"음, 그게……."

평소라면 소피는 금방 흥미를 잃고 뒤돌아섰을 것이다. 하지만 이번엔 달랐다. 조금이라도 더 대화를 이어 가고 싶었다.

"케이크는…… 맛있어?"

겨우 한 질문이 이것이었다. 카이만은 고개를 끄덕였다.

"응, 맛있더라."

"그래? 그럼 한 접시 더 가져다줄까?"

"아니, 많이 먹었어. 괜찮아."

"응…… 춥지는 않고?"

아직도 카이만의 바지에선 물이 뚝뚝 떨어졌다.

"어, 춥지 않아. 나 물 좋아하거든, 날도 덥고 들어가고 싶었어."

카이만은 고개를 끄덕이곤 웃었다.

그때였다. 카이만이 소피 뒤쪽을 보고 눈짓을 했다. 아마 누군가가 그를 부른 모양이었다.

"그럼."

카이만은 인사하며 웃었다.

"고마워."

"응? 뭐가?"

그 말에 소피는 화들짝 놀랐는데 책 얘기였다.

"이거 찾아준 거. 아직 덜 읽었거든. 아참, 그리고 생일 축하해."

그리고 다시, 카이만은 사람들의 틈에 섞여 사라져 버렸다.

"……."

다시 따라가 말을 걸 명분도 없어 소피는 그 자리에 우두커니 서 있었다. 어쩐지 몹시, 슬픈 기분이 들었다.

그날 밤의 일이다. 소피는 통증을 느꼈다. 마치, 녹슨 물레바늘에 심장이 찔리는 듯한 깊고 날카로운 통증이었다.

'이게 무슨 일이지?'

그날 소피는 앓았다. 겉모습은 달라도 피는 속이지 못한다고.

'나한테 무슨 일이 일어난 거야?'

얼음 같은 소피의 마음을 녹이는, 바스커빌가의 유서 깊은 상사통이었다.

소피는 자신을 닮은 구석이 있었지만, 어쨌든 레오파르디의 외양을 하고 있었다.

'저주에서 벗어난 거야.'

로만은 내심 안심하고 있었다.

물론 그의 가문에서 저주라고 불리는 특성이 그를 루시한테로 이끌었다. 그 특성이 아니었더라면 소피는 태어나지 않았을 것이다. 그리고 이렇게 한없는 행복을 느끼지도 못했을 것이다.

'네가 저주의 고리를 끊은 거야, 소피.'

하지만 그걸 제 딸이 겪는 것은 또 다른 문제여서 로만은 어린 소피를 안아주며 무척 안심했다. 물론 루시는 저주에 대해선 아무것도 몰랐다.

소피는 무럭무럭 자랐다. 그녀가 태어나고 2년 뒤, 엠마의 아들 카이만도 태어났다.

"로만, 네가 대부를 해 줬으면 좋겠어."

칼리드의 금빛 머리칼을 쏙 빼닮은 남자아이였다. 아이가 한 살 되던 해, 칼리드가 로만에게 아이의 대부를 부탁했다.

"내가 왜?"

"내가 아는 놈 중에 네가 가장 부자니까 그렇지. 내가 죽으면 아버지 노릇을 해야 하는데 적어도 돈은 많아야 할 것 아냐. 영향력도 있고."

그렇군. 현실적인 이유에 로만은 납득했다.

"그리고 루시도 내 아들을 제 아이처럼 돌봐줄 테고."

그 이유도 납득이 갔다. 로만은 자신과 마찬가지로, 가업을 잇기 위해 미디어 회사에 들어간 칼리드 아들의 대부를 서 주었다.

그때 이미 소피의 대모는 엠마였다. 그래서 자연스럽게 두 쌍의 부부는 서로 대부와 대모로 엮였다.

소피가 자라면서, 이 어린 부부도 대학 졸업을 했다.

"이 분야는 박사 학위가 꼭 필요해. 나 앞으로 이 길로 나가고 싶어, 괜찮지?"

루시가 물었을 때 로만은 당연히 고개를 끄덕였다. 그녀가 하고 싶은 일을 말릴 생각은 없었다. 루시는 이 분야에서 선두를 달리는 연구소에 들어가 박사 과정을 밟기로 했다.

그럼 로만은?

"그동안 가문에 빚진 걸, 이자까지 쳐서 갚아야지?"

해롤드가 몇 년 전부터 이를 갈며 그를 기다리고 있었다. 그럴 수밖에. 제가 생각해도 루시와 만나는 데 가문의 재력을 꽤 이용했다.

……다시 소피에게로 돌아가 보자.

바스커빌가의 첫 여자, 은발의 사자. 로만의 형제들은 소피를 무척 귀여워하면서도 향후 귀추에 주목했다.

"소피는 혹시 유치원에 좋아하는 애가 있니?"

"아니요, 삼촌?"

"있으면 삼촌한테 꼭 말해야 한다."

"왜요?"

"응, 삼촌이 소피가 누굴 좋아하는지 너무너무 궁금하거든."

그중 가장 소피의 연애를 주목하고 있는 건, 알렉산더였다. 소피가 유치원생이 되었을 즈음, 마르셀의 배 속엔 알렉산더의 아이가 있었다.

물론 소피가 귀엽기도 하다. 하지만 그녀는 바스커빌가에 내려오는 많은 특성을 이겨낸 아이, 늑대도 아니고 남자도 아니었다.

'그 아이는 정말 보석 같아. 레오파르디가와 연이 맺어질 때부터 나는 기대하고 있었지.'

알렉산더는 내심 생각했다. 아껴 마지않는 조카가 바스커빌가를 살리는 백신이 될 수도 있었다.

'미래가 기대되는구나.'

그래. 특성이 피를 타고 내려오는 유전병, 바이러스 같은 것이라면 소피가 그걸 중화시키거나 없애 줄 수도 있지 않을까? 만일, 레오파르디의 피가 그만큼이나 강하다면…… 매번 이 문제로 고생하는 바스커빌가를 구원할 수도 있을 것이다.

그리고 소피, 열다섯이 되던 날 밤.

'나는 왜 지금까지 카이만을 만나지 못했지?'

그녀는 카이만에 대한 생각으로 잠을 이루지 못하고 있었다.

'엠마 이모의 아들이었는데…….'

그동안 관심이 없어 흘러들었던 말들이 하나둘 떠올랐다.

예를 들면 엠마 이모의 아들은 굉장히 머리가 똑똑하고 조숙해서 어린 나이에 어디 기숙학교에 들어갔다든가, 월반을 했다든가…….

"난 참 어떻게 나한테서 이런 아이가 태어났는지 모르겠다니까?"

엠마 이모가 투덜거리자 엄마가 웃으며, '왜 난 너 늘 똑똑하다고 생각했는데.' 했던 모습도.

그런 식으로 엇갈렸을 것이다. 아니라면, 파티나 모임에 초대되었어도 눈길이 닿지 못하는 곳에 있었거나.

'그럼 나보다 어린가?'

키가 커서 그리 나이차가 나 보이진 않았는데. 소피는 아랫입술을 깨물었다.

'으응……'

몇 번이나 만날 기회가 있었는데. 이제 만난 게 너무 아쉽고 섭섭하게 생각되었다.

'또 만날 수 있을까……?'

이상하게 생각에 생각을 거듭할수록 점점 열이 나는 것 같았다. 막 마음도 아프고…….

'이게 무슨 일이지?'

소피는 어질어질했다.

'나한테 무슨 일이 일어나는 거야?'

바로 옆 방인데, 엄마나 아빠를 부를 힘도 없었다.

"소피 아가씨……!"

어디선가 목소리가 들렸다. 하녀 아주머니 중 한 명인 모양인데, 소피는 뭐라 할 힘도 없었다.

"……"

진이 다 빠졌던 것이다. 소피의 온몸엔 붉은 발진이 돋아 있었다.

'이게 뭐지?'

열은 나고 몸은 들뜨는데, 소피는 꿈을 꿨다.

'내가 왜 이런 꿈을…….'

카이만과 함께 헤엄을 치는 꿈이었다. 꿈 속에서 소피는 맥주병이 아니었다. 모든 게 현실 같지 않았다.

"예방 접종은 했는데?"

머리 위로 손이 올려졌다. 목소리를 들어보니 엄마 같았다. 시원하다. 소피는 으응, 하며 어리광을 부렸다. 엄마를 무척 좋아했던 것이다.

"수두인가? 어쩌면 좋지? 어제 혹시 수두인 애가 있었던가?"

"……."

아무래도, 병에 걸린 모양이다. 엄마와 아빠가 대화하는 소리가 간간이 들려왔는데, 뭐라 하는지 이해는 할 수 없었다. 잘 들리지 않는다.

"응, 알았어."

다음 날 아침, 엄마와 아빠가 제 방을 찾았다. 소피는 눈도 뜨지 못한 채 그냥 상황만 알았다. 문을 닫는 소리, 아마 엄마가 나간 것 같았다.

"소피."

아빠가 머리칼을 쓰다듬으며 이름을 불렀다. 소피는 머리를 끄덕끄덕했다.

"혹시 어제 무슨 목소리 못 들었니?"

목소리? 무슨 목소리?

이해할 수 없는 질문이다. 소피는 고개를 가로저었다.

"그럼…… 혹시 어제…… 좋아하는 애가 생겼니?"

하지만 갑자기 왜 묻는지 알 수 없는 영문 모를 질문엔, 어쩐지 고개를 저을 수가 없었다. 카이만의 얼굴이 떠올랐다. 햇빛에 빛나던 황금 같은 머리칼.

"아빠……."

소피는 물었다.

"아빠, 혹시…… 카이만이라고 아세요?"

엠마 이모의 아들이면 아빠도 알 것 같았다.

"어제 걔가…… 내 생일 파티에 왔는데…… 얘기를 했어요. 이상하게 어젯밤…… 기억났어요……."

로만의 손은 소피가 말하는 동안 계속 그녀를 쓰다듬고 있었다.

"걔는 뭐 하는 애예요……? 지금 멀리 있나요?"

이상하게 소피는, 지금 카이만이 여기 있어 주었으면 싶었다. 제 병의 전염성만 강하지 않다면…….

로만은 소피의 방에서 나오고 나서 전화를 걸었다.

"의사를 보내 줘야 할 것 같아. 그래, 바스커빌가 사람으로."

알렉산더에게였다.

"응, 그래도 심하지는 않아. 우리 때랑은 달리 무슨 일이 일어난 줄도 모르는 것 같아."

로만은 전화하며 주먹으로 미간을 짓눌렀다. 마음이 복잡했다.

[그래.]

휴대전화 너머 알렉산더가 물었다.

[심하지는 않다고?]

올해 열셋, 카이만은 수업을 하다 말고 밖을 내다보았다.

'아…… 따분하다.'

날이 어찌나 더운지, 어디 물이라도 있으면 들어가고 싶었다. 영재학교에 입학하면 뭐 하나, 수업이 쉬워서 지루하고 따분하긴 매한가지였다.

'재미없어.'

그래도 어제는 재미있었다. 무슨 바람이 불었는지 엄마를 따라 엄마 친구 딸의 생일파티에 갔는데, 그 장소는 집이 아니라 아주 큰 성이었다.

정원에는 아주 깨끗하고 깊은 호수가 있었다. 카이만은 그곳이 마음에 들었다. 그리고 의외로, 소피 B. 레오파르디도.

'우리 엄마가 대모라고 했던가?'

멀리선 몇 번 봤는데 제대로 인사한 건 처음이었다.

'뭐야, 듣기로는 싸가지도 그런 싸가지가 없다더니……'

얼마나 대단할까 좀 기대했더니만 그 반대였다. 공을 빠뜨려서 안절부절못하기에 주워 줬더니 얼굴을 붉혔다.

"……*고마워.*"

카이만은 생각했다.

'뭐야, 귀엽잖아.'

두 살 차이라고 했나? 전혀 그래 보이지 않았다. 카이만은 문득 제 앞에 놓인 책을 뒤적거렸다.

'이걸 주워 줬었지.'

혼자 있는 걸 원하는 것 같아 자리를 피해 줬더니 파티장으로 따라왔다. 제가 두고 간 전공 서적 때문이었다.

'루시 이모처럼 수줍음도 많이 타고.'

그때도 말을 더듬고 얼굴이 빨갰다.

'하긴 이모 딸이니까 닮았겠지.'

카이만의 눈에 소피는 자신보다 더 철이 들었다는 인상은 없고, 그냥 귀여운 동생처럼 보였다.

어느 날과 같은 평화로운 하루였다.

그때 카이만은 제 인생에 가장 큰 영향을 미칠 만한 사건이 방금 전 일어났음을 까맣게 몰랐다.

〈소피와 카이만 끝〉

늑대지만 해치지 않아요 4

초판 1쇄 인쇄 2023년 3월 6일
초판 1쇄 발행 2023년 3월 15일

지은이 우유양
펴낸이 김선식

경영총괄 김은영
IP개발 윤보라 **상품개발** 정예현
엔터테인먼트사업본부장 서대진
웹소설1팀 최수아, 김현미, 심미리, 여인우, 장기호
웹소설2팀 윤보라, 이연수, 주소영, 주은영
웹툰팀 이주연, 김호애, 변지호, 윤수정, 임지은, 채수아
IP제품팀 윤세미, 정예현
디지털마케팅팀 김국현, 김희정, 이소영, 송임선, 신혜인
디자인팀 김선민, 김그린
해외사업파트 최하은
저작권팀 한승빈, 김재원, 이슬
재무관리팀 하미선, 김재경, 안혜선, 윤이경, 이보람 **제작관리팀** 이소현, 김소영, 김진경, 양지환, 이지우, 최완규
인사총무팀 강미숙, 김혜진, 지석배 **물류관리팀** 김형기, 김선진, 양문현, 전태연, 전태환, 최창우, 한유현
외부스태프 E-HO 이호(디자인)

펴낸곳 다산북스 **출판등록** 2005년 12월 23일 제313-2005-00277호
주소 경기도 파주시 회동길 490
전화 02-702-1724 **팩스** 02-703-2219 **이메일** dasanbooks@dasanbooks.com
홈페이지 www.dasan.group **블로그** blog.naver.com/dasan_books
종이 아이피피 **출력·인쇄·제본** 한영문화사 **코팅 및 후가공** 평창피앤지

ISBN 979-11-306-9786-4(03810)

· 책값은 뒤표지에 있습니다.
· 파본은 구입하신 서점에서 교환해드립니다.
· 이 책은 저작권법에 의하여 보호를 받는 저작물이므로 무단 전재와 복제를 금합니다.

다산북스(DASANBOOKS)는 독자 여러분의 책에 관한 아이디어와 원고 투고를 기쁜 마음으로 기다리고 있습니다. 책 출간을 원하는 아이디어가 있으신 분은 다산북스 홈페이지 '원고투고'란으로 간단한 개요와 취지, 연락처 등을 보내주세요. 머뭇거리지 말고 문을 두드리세요.